# O Jovem Gladiador
## e a última carta de Paulo

Inspirado pelo espírito
HUMBERTO DE CAMPOS

ADEILSON SALLES

# O JOVEM GLADIADOR
## E A ÚLTIMA CARTA DE PAULO

INSPIRADO PELO ESPÍRITO

HUMBERTO DE CAMPOS

intelítera
editora

**O jovem gladiador**
**e a última carta de Paulo**


**Editores:** *Luiz Saegusa* e *Claudia Z. Saegusa*
**Capa:** *Casa de Ideias*
**Projeto gráfico e diagramação:** *Casa de Ideias*
**Imagem da Capa:** *Shutterstock - Luis Louro*
**Revisão:** *Rosemarie Giudilli*
**3ª Edição:** *2019*
**Impressão:** *Graphium Gráfica*

intelítera
editora

Rua Lucrécia Maciel, 39 - Vila Guarani
CEP 04314-130 - São Paulo - SP
11 2369-5377
www.intelitera.com.br - facebook.com/intelitera

**Dados Internacionais de Catalogação na Publicação (CIP)**
**(Câmara Brasileira do Livro, SP, Brasil)**

Salles, Adeilson Silva
O jovem gladiador e a última carta de Paulo / Adeilson Silva Salles. -- São Paulo : Intelítera Editora, 2016.

1. Espiritismo 2. Espiritismo - Literatura infantojuvenil 3. Ficção espírita 4. Literatura infantojuvenil espírita I. Título.

16-06010 CDD-133.9

Índices para catálogo sistemático:

1. Literatura infantojuvenil espírita 133.9

**ISBN: 978-85-63808-69-1**

*Gratidão a* ***Humberto de Campos,***
*inspiração para cada página desse trabalho,*
*meus dias e o meu despertar.*

*Gratidão a* ***Chico Xavier,***
*que viveu como singela moringa de barro,*
*e pela caridade tornou-se fonte cheia*
*da água fresca do Evangelho.*

# Sumário

# Palavras do autor

Esse projeto literário é fruto de um grande sonho iniciado faz alguns anos.

Os três primeiros capítulos dessa história, que unem realidade com ficção, eu escrevi há cerca de doze anos.

Escrevia cada frase de uma forma totalmente diferente de tudo que já havia escrito.

As palavras encaixavam-se automaticamente, dando encantamento e dinâmica à história que surgia diante dos meus olhos.

Li os três capítulos iniciais e encantei-me com o seu conteúdo, porém o que eu não sabia é que durante exatos doze anos não conseguiria escrever sequer um único parágrafo.

Guardei o texto, e durante esse período tentei inúmeras vezes retomar a produção do que acreditava ser um bom projeto.

Todas as minhas tentativas foram em vão.

Os anos se passaram, e certo dia encontrei o arquivo com o texto, que passei a reler.

À medida que lia, painéis parecidos com grandes TVs surgiam à minha frente. Era como se assistisse a um filme naquelas telas fluídicas, mesmo quando fechava os olhos.

Então, comecei a escrever a história de acordo com o que se passava naquelas telas. Os fatos se sucediam, se encaixavam uns aos outros, e me envolviam em grande emoção. Personagens históricos se misturavam a fatos ficcionais, para transmitir emoção e levar conhecimento a jovens e adultos.

A leitura das obras: *Paulo e Estêvão, Há dois mil anos, Cinquenta anos depois* e *Ave Cristo* de Emmanuel retornavam à minha mente alegrando meu coração.

A cada capítulo que terminava, eu experimentava grande prazer e alegria, porque trabalhar um romance com personagens jovens, situando-os nos primeiros anos da era cristã, era realmente encantador.

Paulo Apóstolo é quem está à frente nesse romance tal qual a fonte fecunda de transcendentes inspirações.

Paulo de Tarso era desses jovens irrequietos, dos que não desistem do ideal e do sonho que os move.

Perseguiu cristãos incansavelmente em nome da crença em Moisés, mas após conhecer Jesus dedicou-se, sem tréguas, até a sua morte, à divulgação da Boa Nova.

Apresento a todos os leitores, *O Jovem Gladiador e a última Carta de Paulo.*

Nesses tempos de tantas lutas e dificuldades, os jovens necessitam viver como gladiadores para não serem derrotados pelas feras da ilusão, pois é preciso derrotar os monstros da ignorância que costumam matar os sonhos juvenis.

Desejo que esse nosso sonho literário, agora tornado realidade, inspire sonhos de paz e felicidade no coração de todos que lerem esse livro.

Para você, leitor, que me honra com a leitura desse texto, deixo as palavras encorajadoras de Paulo, a fim de despertar em você a força do amor:

*Combati o bom combate, acabei a carreira, guardei a fé.*

2 Timóteo: 4,7.

Adeilson Salles

# O circo romano

Roma.

Ano 66 da era cristã...

O circo dos horrores regurgitava ódio contra os adeptos da Boa Nova.

As feras famintas, incitadas pela turba alucinada, avançavam sobre os cristãos que tombavam mortos.

As vítimas, consideradas cúmplices do Profeta Galileu, não obstante as dores impostas pelo ataque dos leões, se entregavam mansamente pela nova revelação.

Entre a tresloucada multidão que vibrava diante do morticínio, existiam aqueles que se surpreendiam pela mansuetude demonstrada pelos seguidores de Jesus a caminho da morte.

Alguns comentavam:

– Só às custas de feitiçarias e magias alguém pode se entregar à morte com tanto descaso pela própria vida.

E outros mais:

– Esse profeta Galileu é muito poderoso, pois faz de seus seguidores cordeiros suicidas.

O Imperador Nero Claudius César Augustus Germanicus, impassível diante do quadro de horror, deixava transparecer em sua face toda arrogância e fascínio que o poder temporal e as posições sociais exercem sobre os espíritos infantis em sua jornada evolutiva.

Vez por outra um apaniguado do poder lhe dizia:

– Estes que seguem o Evangelho do Crucificado servirão de exemplo para que outros não ousem desrespeitar o Magnânimo Nero Augustus. Incendiários malditos! [1]

Tigelino, prefeito dos Pretorianos, cúmplice de Nero no nefando incêndio de Roma, regozijava-se com os suplícios impingidos aos seguidores do Nazareno. Ele sempre foi o mais cruel perseguidor dos cristãos. Culpar os cristãos pela tragédia das chamas que destruiu Roma era a melhor solução para os propósitos do Imperador.

Ao ouvir as referências a seu poder, o Imperador se comprazia com sua força e pensava: *Ao povo, pão e circo.*

E sorrindo intimamente, contemplando os inúmeros bajuladores, o filho de Agripina erguia a taça de vinho num brinde mudo à ignorância do povo.

***

Olhava para o lado e contemplava a beleza de Popeia Sabina, sua cortesã favorita. Fizera bem em trocar Octávia, sua esposa, mesmo estando ela com apenas 20 anos. Sabina compreendia muito mais seus desejos e comportamentos libertinos. Ela participava e aceitava tudo em troca da posição social da qual a amante do Imperador podia se beneficiar.

A única coisa que o prendia ainda à antiga esposa eram os pesadelos terríveis em que ela lhe aparecia pedindo ajuda.

Após exilar Octávia, filha de Messalina, na Ilha Pandatária, mandou assassiná-la crendo assim pôr fim aos sonhos de

1 Os Cristãos foram responsabilizados, por Nero e seus seguidores, pelo incêndio de Roma.

perseguição, que mesmo após o crime o acompanhariam até o dia do próprio suicídio.

***

A gritaria aumentava à medida que os corpos caiam ao chão. Mais um grupo de seguidores do Nazareno a alimentar as feras do circo.

Os olhos humanos, detidos apenas no morticínio dos cristãos, não percebiam que no campo das lutas a Misericórdia Divina se fazia presente.

Entidades amorosas amparavam os sacrificados pela ignorância, com devotado amor.

No momento em que a vida física expirava, espíritos amigos abraçavam os recém-libertos da carne retirando-os dali.

Vibrações de amor e irradiações de luz envolviam os corpos espirituais, naquele momento desenfaixados das células orgânicas.

A primeira parte do insano espetáculo estava se encerrando, e os animais manchados de sangue, saciados, então, pela carne humana, eram tocados de volta aos cubículos que lhes serviam de jaula. A soldadesca romana, perfilada em colunas, ameaçava as feras com suas lanças afiadas, acuando-as. Após se banquetearem dos inocentes, docilmente, os leões e leoas se deixavam conduzir.

Escravos maltrapilhos eram trazidos para a tétrica faxina, a fim de recolher as sobras humanas.

Enquanto tudo isso ocorria, o Imperador e seu séquito de indiferentes bajuladores se refestelavam com as mais variadas iguarias e vinhos. Eram servidos por escravas seminuas, que incitavam nos beneficiados do poder apetites inconfessáveis. Era o reinado da libertinagem.

Alguns desafortunados, que se emocionavam e choravam com o espetáculo nefando, eram denunciados como simpatizantes da causa cristã, pela malta louca, que gritava:

– MORTE AOS CRISTÃOS!!! VIDA LONGA A NERO!!!

Imediatamente, os oficiais que ostentavam a divisa da águia imperial, de maneira truculenta, recolhiam os denunciados ao calabouço da ignomínia. Seriam mais tarde sumariamente condenados como adeptos da mensagem cristã e certamente engrossariam as fileiras dos sacrificados no circo.

As trombetas ecoaram mais uma vez, e o silêncio se impôs.

A multidão, como de costume nesses espetáculos, aguardava em expectação a manifestação do responsável pelo cerimonial.

Em breves minutos, Prócolus, um homem calvo de média estatura, aproximou-se de um púlpito estrategicamente localizado e anunciou:

– Que os deuses abençoem o soberano Nero Augustus – e fazendo reverência prosseguiu, dando continuidade às homenagens prestadas ao Imperador. Teremos agora a parte mais aguardada do evento da tarde. Então, a malta se agitou em aplausos que refletiam a ansiedade de todos. Suspirando profundamente, o homem anunciava ao mesmo tempo que fazia um convite: – Que entrem os gladiadores!

A gritaria foi geral. As trombetas ecoavam trazendo mais emoção. Lado a lado, 24 homens adentraram o circo com seus escudos e armas. Eram os aguardados gladiadores, uns eram assassinos treinados, outros, cristãos escolhidos a dedo por seu porte atlético que, na verdade, seriam barbaramente assassinados por sua inexperiência em combates dessa ordem.

Chamou a atenção das pessoas um jovem extremamente forte que era o último da fila. Sua estatura pouco comum era o que mais prendia os olhos de todos.

Na noite em que foi preso nas catacumbas em flagrante momento de pregação evangélica, o tribuno responsável pela milícia imperial exclamou:

– Por Júpiter, que rapaz descomunal é este? Esse irá diretamente para as galés ou para o circo como gladiador.

O tribuno não se enganou com o destino do jovem de nome Firminus Glauco.

Interrogado para que abandonasse a fé cristã, o jovem de apenas 20 anos afirmou:

– Não posso renegar meu Mestre, mesmo que flagelem o meu corpo não tenho como expulsá-lo do coração!

Por essa resposta audaciosa recebeu algumas bastonadas no rosto, o que lhe valeu um corte profundo, transformado em cicatriz.

Durante o tempo que permaneceu no cárcere dizia aos companheiros de prisão:

– A cicatriz em meu rosto é singelo arranhão que exponho como condecoração do meu humilde desejo de servir ao Cristo. O Mestre foi coroado de espinhos pela nossa ignorância, e eu fui abençoado por essa cicatriz; na hora das lutas mais amargas em minha vida ao me olhar no espelho encontrarei forças para vencer as provas do mundo pelo testemunho da minha fé. A marca em meu rosto é nada, pois Jesus marcou com seu amor o meu coração.

Os demais cristãos se impressionavam com a fé de Firminus Glauco em Jesus. Era comum observar pessoas de todas as idades procurando no jovem cristão apoio às suas dores e infortúnios. Idosos e jovens gostavam de ouvir as interpretações de Glauco acerca do Evangelho de Jesus.

O jovem cristão, ao despertar de suas lembranças, contemplava a multidão que gritava freneticamente palavras de ordem.

– MORTE AOS SEGUIDORES DO CARPINTEIRO!!! VIDA LONGA A DRUSUS!!!

Glauco chamava atenção por sua estatura elevada e corpo definido, mas havia um homem, também jovem, entre os vinte e quatro gladiadores, que era conhecido por sua força, crueldade e habilidade em lutar. Era o gladiador preferido do Imperador Nero. Drusus, de apenas vinte e três anos, era visto com frequência fazendo a guarda pessoal de Nero. Sua barba espessa e bem-feita enfeitava o bonito rosto que chamava atenção, adornando o corpo atlético. Gozava da simpatia do governador, o que lhe valia favores exclusivos. Sua falta de escrúpulos em lidar com os adversários assustava a todos. Por mais de uma vez, executou seus oponentes, mesmo esses se encontrando desarmados e rogando clemência.

Normalmente, nas contendas dessa ordem, adentravam o circo para o combate cerca de 20 a 24 homens, e confrontando-se dois a dois restaria sempre os dois últimos mais fortes. E no embate final, Drusus era sempre vencedor.

# A CONTENDA

A agitação da multidão era prenúncio da violência aguardada.

Os contendores posicionaram-se para o início dos enfrentamentos.

Os gladiadores, paralelamente colocados, doze de cada lado, se viraram de frente uns para os outros, aguardando o sinal para o confronto mortal.

Glauco olhou nos olhos de seu adversário e emocionou-se, pois reconheceu no contendor outro jovem cristão. Ele imaginava que Elano tinha sido encaminhado às galés, pois o jovem amigo fora retirado do calabouço algumas madrugadas atrás.

Sim, era ele, Elano!

Em noites anteriores os dois estiveram confinados no mesmo calabouço.

Glauco rememorou, naqueles breves instantes antes do embate, a agradável conversação que mantivera com Elano. Os dois confidenciaram-se a alegria experimentada quando do contato com a mensagem do Cristo.

Elano tinha apenas dezoito anos e revelara a Glauco, que ouvira de seu avô, antes da morte dele, as mais lindas passagens a respeito das pregações evangélicas proferidas por Jesus nas proximidades do Lago Kineret.

Segundo seu avô, Jesus envolvia os necessitados na mais pura vibração de paz e harmonia.

Elano cresceu ouvindo as mais doces lições exemplificadas pelo Mestre Nazareno.

Glauco ouvia tudo com imensa felicidade, ambos se identificavam pela força da mocidade que os abençoava; sentia-se transportar para aqueles dias de luz em que Jesus andava por entre os homens cantando as glórias do reino de Deus.

Foi arrebatado de seus pensamentos pelo brilho do olhar de Elano, que diante do momento do testemunho supremo, deixou que duas lágrimas descessem por sua face.

Em segundos, que pareceram horas, os jovens se entreolharam, mentalmente rogaram ajuda ao Cristo naquele instante extremo.

Os dois não perceberam que o Imperador fizera o sinal característico para o início da batalha.

Drusus, já tarimbado nessas carnificinas, imediatamente desferiu um golpe mortal em seu oponente.

Nero, contemplando a cena, sorriu com satisfação.

A plateia enlouquecida gritava, desejando ver sangue.

Glauco e Elano despertaram para a dura realidade do momento, ao ouvir o tilintar das espadas em confronto e a cruel melodia dos gritos dos feridos.

Paralisados diante da decisão de não se ferirem mortalmente, eles eram os únicos que não digladiavam.

Em poucos minutos restavam treze contendores, pois os dois jovens amigos cristãos não se atiraram à luta.

As pessoas contrariadas gritavam:

– MORTE AOS DOIS! MORTE AOS DOIS!

Para surpresa geral e silêncio imediato, o Imperador se levantou:

– O que está acontecendo aqui? Será que estamos diante de dois cristãos covardes? Onde a coragem dos seguidores do crucificado? Observo que o carpinteiro vos trouxe a "boa nova" da covardia!!!

O povo rompeu em gargalhadas e apupos, então Nero prosseguiu:

– Tu – disse apontando para Elano –, serás o próximo contendor de Drusus! O outro morrerá depois! Só após a morte dos dois covardes os outros gladiadores voltarão a se enfrentar! – E com o gesto característico asseverou: – Que se retomem os combates!

Ante o sinal do Imperador, Drusus, de espada em punho, partiu imediatamente em direção a Elano.

Assustado com a belicosidade do rival, o jovem cristão desviou-se rapidamente escapando do golpe eminente.

Golpeando o ar Drusus enfureceu-se, buscando ferir mortalmente seu jovem adversário. Aproximando-se de Elano, repetidas vezes o agrediu com toda sua força e o peso da espada.

Elano foi sucumbindo aos golpes até ficar de joelhos com a espada sobre a cabeça, em difícil situação.

Glauco tencionou partir em defesa do amigo, mas foi contido por uma lança que foi encostada em sua nuca. E uma voz o avisou:

– Não faças isso ou perfurarei tuas entranhas com minha lança! – ameaçou o soldado da guarda imperial.

Nesse ínterim, o fim de Elano se anunciava.

Num golpe poderoso, Drusus mandou para longe a espada do jovem oponente. O carrasco de Elano encostou a espada em seu pescoço.

A multidão de alucinados gritava ameaçadora:

– MATA! MATA! MATA!

Mantendo a espada junto ao rosto de Elano, Drusus olhou em direção ao Imperador.

Glauco gritou por clemência, ajoelhando-se próximo aos contendores.

Drusus sorriu com ironia.

Nero ergueu o polegar direito. Os romanos acreditavam que o Imperador era o representante dos "deuses" na Terra. Apenas ele podia dispor da vida das pessoas, então se ele virasse o polegar para baixo, a sentença seria a morte. Elano transpirava com a espada encostada em seu rosto. Por um instante cerrou os olhos. Que estranho! Os olhos cerrados e nada de escuridão; naquele momento ele pôde vislumbrar pela visão da alma o avô Policarpo, já falecido, a lhe estender os braços dizendo:

– Confia, pois em Jesus, o Mestre de nossas vidas não nos abandonará diante do testemunho. Não sentirás dor alguma, tem confiança!

Nero abaixou o polegar, a sentença de morte foi decretada, mas para surpresa geral Drusus arremessou a espada para longe.

Todos ficaram sem entender aquela atitude.

Glauco sorriu dando graças a Jesus pela vida do amigo.

Drusus estendeu a mão e ergueu Elano do chão.

O Imperador contemplou a cena enfurecido. Teria Drusus se rendido aos feitiços daquela seita de fanáticos?

Sem largar a mão de Elano, Drusus trouxe o jovem cristão para junto de si como se fosse abraçá-lo, mas, num gesto rápido sacou de uma adaga e degolou Elano, para pavor de Glauco, e delírio da multidão.

Todos aplaudiam o nefando espetáculo.

Drusus caminhou em direção a Nero e o saudou gritando:

– Ave César!!!

Elano, sem entender, sentiu-se abraçado pelo avô com enternecimento.

– Vamos, meu filho, seu testemunho nessa encarnação terminou.

# A compaixão de Glauco

Os aplausos ainda ecoavam no circo recém-inaugurado. Glauco foi envolvido por terrível desejo de vingança. Contemplou o corpo caído do amigo e teve as vistas turvadas pelas lágrimas.

Em poucos minutos, seria ele a próxima vítima do terrível Drusus.

Rememorou a noite em que fora aprisionado pela soldadesca romana.

De qualquer maneira, por mais difícil lhe fosse aquele momento, ainda guardava na memória e em seu coração a figura amorosa do Apóstolo da gentilidade em sua última pregação nas catacumbas. Glauco fora aprisionado na cela ao lado de Paulo de Tarso, e o semblante austero do convertido de Damasco lhe ofertava, positivamente, força inimaginável dentro do coração.

Naquela noite o Apóstolo dos Gentios alertava:

– Sim irmãos, o Cristo Jesus está mais vivo do que nunca. No amparo aos que sofrem, nas lutas do dia a dia. Se a sua mensagem fosse uma mentira não sofreríamos a perseguição da maldade, pois o mal se compraz no mal. As benditas lições de Nosso Senhor ainda sofrerão perseguição e adulteração ao longo dos séculos vindouros. Pois, para nossa felicidade o Divino Amigo não pregou para os corpos perecíveis, mas sim para o espírito imortal. A mensagem cristã já não está mais restrita aos Apóstolos ou a uma determinada região geográfica. Ela foi infundida no coração dos espíritos imortais. Assim como não sabemos de onde vem e para onde vai o espírito, as lições levadas por eles em suas diversas passagens pelo mundo são como sementes divinais a se espalharem pelo universo. Se o nosso corpo físico for ceifado pela perseguição, levaremos em nosso espírito as imorredouras sementes do amor de Jesus. Ainda que as perseguições recrudesçam mais e mais, a semente do amor tornar-se-á fecunda em nossa alma imortal. Somos hoje as cartas vivas do Evangelho.

Glauco contemplava o semblante fatigado pelo tempo do dedicado Apóstolo e pensava: Quantas lutas em nome do Evangelho esse homem não enfrentou? Quantas pedras e ironias não lhe foram atiradas à face?

Ele rememorou o momento da prisão de Paulo quando um magote de soldados romanos invadira a singela assembleia. O centurião Volúmnio à frente da soldadesca armada intimou a todos:

– Em nome do Imperador, todos estão presos! Quem tentar resistir à ordem imperial será morto impiedosamente.

Os gritos da multidão no circo despertaram Glauco daquelas recordações.

Novamente de espada em punho, Drusus batia a mesma de encontro ao próprio escudo fazendo barulho para intimidar o oponente.

Glauco virou-se atento.

Segurou firme o escudo com sua mão esquerda, com a mão direita buscava empunhar a espada com segurança.

Ambos os contendores aguardavam o sinal de Nero para o momento extremo.

A gritaria aumentou quando o Imperador deu o sinal. Imediatamente o silêncio tomou conta do ambiente.

Os primeiros sons das espadas em choque foram ouvidos por todos.

Drusus era hábil gladiador, mas Glauco tirava vantagem da força proporcionada por seu porte avantajado.

Em dado momento, Glauco foi posto na defensiva em virtude dos golpes sucessivos desferidos por Drusus.

Ouviu-se na grande arena uma sequência de batidas de espada contra o escudo de Glauco.

Alternando golpes em cima e embaixo do escudo, Drusus minava as forças do inexperiente cristão.

Aos poucos, percebia-se a ascensão do preferido de Nero sobre o seguidor do profeta Galileu.

Drusus partiu para definir o embate e com um golpe certeiro conseguiu derrubar o escudo de Glauco.

Por segundos, os contendores se entreolharam, a expectativa era geral.

Ninguém tirava os olhos dos gladiadores.

Entre dentes, Drusus proferiu:

– Chegou a tua hora, cristão maldito, quero ver o teu mestre te safar da minha fúria!

Glauco aguardou o ataque.

Drusus gritou e correu para definir o embate. No entanto, tomado de agilidade felina, Glauco pulou fazendo um malabarismo com o próprio corpo, e rolando pelo chão derrubou Drusus com os pés, e o favorito de Nero caiu de cara na terra.

Atordoado, Drusus se virou e deu de cara com a espada de Glauco em seu pescoço.

O seguidor do Nazareno rememorou a cena do amigo Elano sendo degolado pelas mãos impiedosas de Drusus. Sentiu o desejo de vingar o amigo, então, apertou a espada de encontro ao pescoço de Drusus, que de olhos esbugalhados, temia pela própria vida.

Glauco olhou para Nero. O Imperador, demonstrando grande contrariedade, mordeu os lábios erguendo o polegar.

A multidão se perguntava: "Será que ele condenará à morte aquele que tantas vezes o protegeu fazendo sua guarda pessoal?"

Lentamente, Nero foi virando o polegar para baixo.

Na multidão, um coro revelava a surpresa de todos em uníssono:

OHHH!!!

Glauco virou o rosto para Drusus e por instantes eles se olharam, um nos olhos do outro.

Naquele momento, era Drusus quem cerrava os olhos aguardando o golpe final.

Ele esperou em vão, pois Glauco ouviu na acústica da sua alma a reverberação da mensagem de Jesus:

"Amai o próximo como a si mesmo".

O jovem cristão atirou para o lado a espada poupando a vida de Drusus.

Nero comentou com Tigelino que se encontrava a seu lado, fazendo um gesto para o oficial romano.

– Nenhum dos dois merece viver!

O soldado romano entendeu o sinal e desceu para a arena.

Drusus e Glauco foram conduzidos por alguns soldados para a mesma cela.

Drusus tentou apelar junto aos oficiais para suas prerrogativas de favorito de Nero.

Em vão seus pedidos foram feitos.

Clamou por ajuda, nada.

Ao se ver aprisionado lado a lado com Glauco cuspiu ao chão esbravejando.

– Morte aos covardes cristãos! Não tens honra para morrer, e és um covarde quando tens que matar. Foi isso que aprendeste com o malfeitor crucificado?

– Meu Mestre me ensinou a perdoar aqueles que nos ofendem, porque a pior batalha para um homem é o enfrentamento da própria consciência.

– Cala-te, miserável, ou faço aqui neste calabouço o que deveria ter feito na arena.

Glauco lembrou-se da orientação amorosa de Jesus:

*Não lanceis aos cães as coisas santas, não atireis aos porcos as vossas pérolas, para que não as calquem com os seus pés, e, voltando-se contra vós, vos despedacem.* (Mateus: 7,6).

Glauco preferiu guardar silêncio.

# Novo rumo

As horas foram passando inesquecíveis, aumentando a ansiedade de Glauco quanto a seu futuro.

Vencidos pelo cansaço, os dois prisioneiros procuraram acomodar-se dentro do desprezível calabouço.

Do canto em que se acomodara, Glauco pôde contemplar a luz prateada da lua.

Lembrou-se de Elano e intrigado cogitou consigo mesmo:

"Convivemos tão pouco tempo, mas sinto que já o conhecia de outros momentos. A mensagem do Apóstolo Paulo asseverando que temos 'diversas passagens pelo mundo', explica a afinidade natural que experimentei no convívio fraternal com Elano".

Recostado na parede úmida da cela, Glauco adormeceu. Estranhamente, viu-se em outro lugar, lúcido e consciente.

Observou-se em tarde resplandecente junto a outras pessoas, centenas delas, em especial, junto àquelas com as quais havia sido preso nas catacumbas. Encontrava-se num aprazível aclive embelezado por gramíneas de uma cor nunca vista por seus olhos materiais. Todas as pessoas sentavam-se ao chão aguardando a presença de alguém. O silêncio experimentado não era a mudez das vozes e barulhos humanos, era o silêncio dos corações em expectativa, esfaimados das palavras de esperança e luz. Destacava-se na visão de Glauco a presença de muitos jovens naquela paisagem.

Em determinado momento, todos os olhares se voltaram para um personagem de perfil sereno e amigo que se aproximou passando por entre os presentes. Seu magnetismo natural atraia a atenção de todos.

Glauco buscou a melhor posição no aclive, onde se podia fazer ouvir, e se emocionou, porque a figura do dedicado Apóstolo era inconfundível, ele bem se lembrava.

Era ele, Paulo de Tarso, o convertido doutor da lei mosaica!

A palavra austera do incansável divulgador da Boa Nova soava pela campina, feito música vinda do céu:

– Aqueles que escolheram o Evangelho como diretriz para suas vidas não podem esquecer os testemunhos que a Boa Nova impõe aos seus adeptos. Mais do que rechaçar os convites ilusórios do mundo, o convertido ao Evangelho é desafiado a combater suas próprias mazelas. Embora esse instante seja grave para os supliciados por amor ao nome de Cristo Jesus, o momento também representa o nascimento das criaturas renovadas na fé cristã.

As palavras envolviam a todos em sentimento de alegria e comoção. Por um bom tempo, a mensagem da Boa Nova, expressa pelo Apóstolo Paulo, incentivou os presentes à prática do amor mútuo e à defesa do Evangelho.

Glauco emocionado, sentia o coração enlevado por onda de paz jamais experimentada antes.

O amorável amigo encerrou a pregação evangélica, afirmando:

– Irmãos, já transpus os umbrais da morte física. Não me encontro mais entre vós, vestindo o corpo carnal, mas me encontro convosco, através do ideal santificante da divulgação do Evangelho de Nosso Senhor. Estamos unidos em Cristo Jesus. Estarei convosco, não mais nas cartas que escrevia de exortação à união e ao trabalho dignificante, mas permaneceremos unidos nas igrejas cristãs edificadas em nossos corações. A semente da Boa Nova que encontrou solo fértil nos corações de boa vontade já não é mais uma revelação, é uma realidade a ser vivida. A cada um será conferido o salário referente às próprias obras, a paz é o salário do bem semeado, e a vivência do amor de Deus é a plenitude alcançada pelas almas amadurecidas na prática do Evangelho.

Glauco sentiu o corpo estremecer e se viu novamente no calabouço fétido. Ele foi despertado por alguns guardas que o retiraram da cela imunda, juntamente com Drusus. Os dois, amarrados, atravessaram os corredores escuros da Prisão Marmetina, conduzidos por um grupo de doze soldados comandados por Volúmnio, o centurião, que os levou para a execução.

Após uma caminhada permeada de tantos pensamentos e certa melancolia, eles chegaram ao lugar marcado, próximo aos cemitérios da Vila Ápia, e então o centurião anunciou:

– Tigelino, o Prefeito dos Pretorianos, por ordem de Nero, anuncia a vossa condenação à morte. Cumpra-se a sentença!

Glauco foi conduzido à frente, e Volúmnio pediu a ele que parasse e se abaixasse, mantendo-se de costas.

O jovem cristão, sentindo o momento derradeiro, orou pedindo ajuda a Jesus.

Num gesto rápido, um dos prepostos de Tigelino desembainhou a espada e golpeou o pescoço de Glauco, que caiu ferido.

Destino semelhante experimentou Drusus que, golpeado da mesma maneira, caiu desfalecido.

Polidoro, o carrasco impiedoso, comentou com um de seus pares no caminho de volta à Prisão Marmetina:

– Na hora em que desferi o golpe nos dois condenados, senti algo estranho no braço em que empunhava a espada.

E o interlocutor redarguiu:

– O que tu sentiste?

– Uma dormência estranha, parecia que ia perder a força no momento do golpe.

Volúmnio, que ouviu a afirmativa de Polidoro, sorriu com sarcasmo.

– Cuidado, Polidoro, vai ver que o invisível Galileu Crucificado segurou teu braço para poupar os comparsas dele!

Todo o grupo gargalhou com o comentário do Centurião Volúmnio.

– Por Júpiter! – bradou Polidoro –, esses cristãos são dados a todo tipo de bruxarias. Os "Deuses" estão do nosso lado!

– Esqueçamos esses cristãos, afinal, os dois estão mortos, são dois a menos para nos dar trabalho! – e disse aos subordinados: – Voltemos à Prisão Marmetina! – ordenou Volúmnio.

De longe, um grupo de cristãos que souberam da decapitação de Paulo no mesmo monte, onde se descartavam lixos da cidade, na madrugada anterior, observavam a cena horrenda. Eles estavam ali com o propósito de recolher os restos mortais do Apóstolo executado.

Assim que a soldadesca se afastou, eles se aproximaram dos corpos caídos. Um dos cristãos de nome Eustáquio alertou pedindo ajuda:

– Por Jesus!!! – disse espantado. – Eles ainda vivem! Esse aqui é Glauco, filho do nosso querido irmão Antoninus. Vamos tentar ajudá-los!

O pai do jovem cristão tinha sido um dedicado servidor do Cristo que pereceu atirado às feras.

O grupo rapidamente mobilizou-se para prestar ajuda aos feridos.

Com discrição, os restos mortais do convertido de Damasco foram levados, juntamente com os corpos agonizantes de Glauco e Drusus.

Chegando em casa simples no bairro afastado do centro de Roma, singela moradia acolheria os dois jovens que, então, lutavam pela vida.

Um médico simpatizante da causa cristã foi chamado para ajudar os feridos.

Horas depois, o sepultamento dos restos mortais de Paulo ocorreu com discrição.

Durante dias, os dois jovens seguiam na luta pela vida – Glauco apresentava sensíveis melhoras, mas Drusus ainda permanecia em estado grave.

Noite e dia Eustáquio e sua esposa Ana se revezavam na cabeceira da cama dos dois.

Os dias foram passando, e Glauco melhorava, mas ainda se mantinha inconsciente.

Rotineiramente, pequeno grupo cristão se reunia naquele lar humilde, para belos comentários evangélicos.

O ambiente singelo em sua conformação física era rico de energias amorosas, despendida ali pelo sentimento do bem que alimentava aquelas almas, convertidas ao Nazareno.

Certa manhã, ao fazer a limpeza do cômodo, Ana se surpreendeu e chamou Eustáquio com emoção na voz:

– Esposo, venha até aqui rápido...

– O que está acontecendo, esposa?

A cena emocionava os dois que contemplavam Glauco de olhos abertos a sorrir para eles.

– Louvado seja o nome de Jesus... – Ana ergueu as mãos em direção aos céus em contagiante alegria.

– O Mestre não desampara o seu rebanho, Ana! Eu aguardava com ansiedade um sinal e agora ele veio na reação desse rapaz.

– Como te sentes, meu jovem? – Eustáquio indagou com ansiedade carinhosa.

Glauco pronunciou baixinho:

– A... paz... de Jesus...

– Sim, irmão... – Eustáquio completou –, a paz de Jesus esteja conosco!

Glauco sorriu emocionado.

Na cama ao lado, Drusus seguia em sono profundo.

– Não te esforces para falar – Eustáquio aconselhou.

– Isso mesmo – Ana falava com carinho –, teu sorriso nos basta como alegria maior do dia. Após tantos dias entre a vida e a morte Jesus te trouxe para a vida novamente.

Glauco contemplou o rosto amigo do casal e confiante ainda comentou, esforçando-se:

– Jesus já me concedeu a verdadeira vida pela mensagem do Evangelho.

– Estamos felizes por ter conosco o filho de Antoninus, nosso irmão de ideal cristão – Ana falou satisfeita.

O casal sorriu e Eustáquio colocou o dedo nos próprios lábios pedindo para Glauco evitar o desgaste pelas palavras.

– Haverá tempo, meu irmão, para nos congratularmos pelas bênçãos da Boa Nova.

# Novos amigos

A partir daquele dia Glauco apresentou constantes melhoras.

Eustáquio e Ana se revezavam em cuidados e atenções ao jovem.

Glauco, aos poucos, conseguiu se sentar na cama. Os dias passavam rápidos e abundantes de bênçãos na franca recuperação do jovem cristão. Glauco já caminhava e passou a cuidar de Drusus, junto com Ana e Eustáquio.

Até que, para alegria geral, o jovem abriu os olhos. Ele não conseguia articular uma só palavra, mas reagia meneando a cabeça conforme seus desejos de sim ou de não.

O ex-favorito de Nero demonstrava grande contrariedade e desconforto no olhar ao receber das mãos de Glauco a alimentação diretamente em sua boca.

O ferimento de Drusus cicatrizava lentamente e sua recuperação demandava mais tempo.

Glauco, unindo-se aos esforços do casal anfitrião, cuidava com muito carinho e desvelo do gladiador romano, até mesmo nas questões de asseio pessoal.

O cuidado e a atenção de Glauco envergonhavam Drusus. O conhecido gladiador nada podia fazer, já que dependia integralmente da ação caridosa dos três cristãos.

Intimamente, Drusus sentia-se inquieto e perturbado, pois não estava acostumado com cuidados e atenção de pessoas consideradas inimigas.

Todo final de tarde, assim que as primeiras luzes do dia começavam a ser cobertas pela noite, uma prece era proferida harmonizando o lar simples e acolhedor de Ana e Eustáquio. Logo após a oração emocionada a Jesus, um velho pergaminho era aberto e algumas passagens evangélicas eram lidas com emoção pelas almas necessitadas do alimento espiritual.

Tudo isso ao lado da cama do jovem romano, que se inquietava profundamente. Porém, com o correr dos dias, mesmo contrariado, acostumou-se a ouvir os comentários de tão belos exemplos de amor, legados à humanidade pelo Carpinteiro de Nazaré.

Glauco revelava-se grande conhecedor das palavras de Jesus e emocionava a todos com as colocações que fazia acerca dos textos iluminativos.

Muitas emoções estavam reservadas àquele pequeno grupo de seguidores do Cristo.

Certa tarde, em que o dia envelhecia, e o horizonte se destacava de cores matizadas em tons amarelados e azuis, Glauco leu a seguinte anotação de Mateus:

*Bem-aventurados os misericordiosos porque eles alcançarão misericórdia.* (Mateus: V, 7).

*Se perdoardes aos homens as ofensas que vos fazem, também vosso Pai celestial vos perdoará os vossos pecados. Mas se não perdoardes aos homens, tampouco vosso Pai vos perdoará os vossos pecados.* (Mateus: VI, 14 e 15).

Eustáquio, rejubilando-se com a leitura de Glauco, comentou:

– Creio ser a virtude do perdão a chave da libertação humana...

– Penso como vós, meu querido esposo. Jesus abriu as portas do entendimento e da nossa libertação – comentou Ana.

Abrindo um pouco mais o velho pergaminho Glauco comentou:

– Ainda temos aqui a continuação do ensinamento do Mestre. Mateus registrou para a humanidade:

*Se vosso irmão pecar contra ti, vai, e corrige-o entre ti e ele somente; se te ouvir, ganhado terás a teu irmão. Então, chegando-se Pedro a ele, perguntou: Senhor, quantas vezes poderá pecar meu irmão contra mim, para que eu lhe perdoe? Será até sete vezes? Respondeu-lhe Jesus: Não te digo que até sete vezes, mas até setenta vezes sete vezes. (*Mateus: XVIII, 15, 21 e 22).

Envolvido em sincera emoção, Glauco enrolou com delicadeza o pergaminho e fixou o olhar no horizonte matizado de cores, pois as cortinas da noite se fechavam, prestes a encerrar mais um dia.

O jovem cristão suspirou e comentou:

– O nosso Mestre veio ao mundo para pacificar os corações, pois somente de alma pacificada o homem pode ter parte com o Deus amoroso anunciado por Ele. O nosso Pai que está nos céus não tem sua "essência espiritual" nas coisas perecíveis. Essa essência não está em nada que morra como morrem as coisas da Terra. Na lição do perdão, o Mestre nos incentiva a permitir que o Deus bom e misericordioso habite em nós. Ana, de olhos brilhantes pelas lúcidas e doces palavras de Glauco, tomou a mão de Eustáquio e a comprimiu junto à sua, num gesto terno e amoroso. Glauco prosseguiu: – Como sentir a presença do Cristo em nós, se a falta de perdão revela a nossa agressividade? A verdadeira morada de Deus é o coração pacificado e límpido. Estamos em trânsito nesta terra e nada levaremos daqui, mas os sentimentos nos acompanharão além-túmulo. Perdoar setenta vezes sete vezes, como nos pede Jesus, é ter a oportunidade de setenta vezes sete vezes abrir a porta da alma para que Deus habite em nós.

Drusus ouvia aquelas palavras e sentia-as feito fogo a lhe queimar o coração e pensava.

"Como aceitar aquelas informações tão contrárias à força da espada? Para ofensas, o sangue deveria ser derramado! Como fazer para virar as costas ante a agressão recebida?"

Drusus não conseguia compreender como um homem que fosse ofendido em sua honra ou interesse pudesse perdoar o seu adversário.

Os três cristãos ainda envolvidos pelas anotações de Mateus foram tomados de grande emoção quando Drusus os surpreendeu voltando a falar:

– Minha alma anseia por aceitar essas verdades, mas eu não consigo!

– Drusus... Estais falando novamente... – Eustáquio afirmou, emocionado.

– Louvado seja o nome de Jesus! – Ana ergueu os olhos ao alto com largo sorriso a lhe enfeitar o rosto delicado.

Glauco não se conteve e com lágrimas nos olhos anunciou:

– O Cristo envolveu de misericórdia o coração de Drusus...

Surpreso com a reação de todos, o ex-guardião de Nero falou sem jeito:

– Não estou compreendendo mais nada...

– Não é preciso compreender, caro amigo – Glauco falou tocando-lhe o ombro –, basta apenas sentir, só isso!

– Como posso perdoar como esse Carpinteiro me pede?

– O perdão não mora nas palavras, ele se manifesta nas ações compreensivas...

Sentindo a imensa força nas palavras de Glauco, Drusus abaixou a cabeça e comentou envergonhado:

– Perdoar é ser agredido e quase morto por alguém e mesmo assim cuidar dessa pessoa se ela precisar...

Ana secou as lágrimas com o dorso da mão direita e afirmou com convicção amorosa:

– Isso mesmo, Drusus, perdoar é amar auxiliando e compreendendo...

– Não sei se teria condições de perdoar como fui perdoado por ele – Drusus apontou Glauco. – Mas acho que já compreendi o que é o perdão.... Acho que nessa vida sou o homem que mais necessita de perdão, por ter tirado a vida de muita gente inocente...

Ele baixou a cabeça e disse muito envergonhado:

– Não posso ficar aqui em vosso meio...

– És bem-vindo, Drusus... – Eustáquio falou com sincero sorriso.

Drusus procurou se acomodar na cama, mas revelava muito desconforto causado pelo ferimento, então, ele falou com gravidade e tristeza na voz:

– Matei muitos cristãos iguais a vós! Como ser perdoado?

– Una-te a nós, Drusus! – Ana convidou.

– Não tenho como fazer isso... – ele fez breve pausa. – Ainda grita dentro de mim a força dos músculos e da espada, sempre resolvi as coisas desse modo. Não sei como reagiria no instante em que alguém me agredisse!

– O Cristo vai falar ao teu coração no momento oportuno – Glauco falou em tom amistoso. – De qualquer forma, já possuis novos amigos...

Todos silenciaram, e após breves minutos Ana dirigiu-se a Eustáquio, dizendo:

– Meu esposo, vais falar acerca do pergaminho que encontramos com o...

As palavras de Ana foram interrompidas pelo bater de palmas à frente da modesta residência:

– Quem será? – Eustáquio indagou já se dirigindo para atender.

Glauco, Drusus e Ana silenciaram até que ouviram a voz do recém-chegado:

– A paz de Jesus...

Ana reconheceu a voz:

– É Dimas, um cristão há pouco tempo convertido...

Eustáquio retornou trazendo com ele o visitante.

Os olhos de Drusus e Dimas se cruzaram e certo desconforto foi sentido por ambos.

Glauco saudou Dimas amorosamente, dizendo:

– A paz de Jesus esteja convosco!

– A paz do Cristo esteja com todos nós! – e ele continuou: – Vim dar-lhes ciência de que haverá nova pregação do Evangelho de Jesus no lugar de sempre, e na mesma hora...

– Estaremos presentes! – Eustáquio afirmou.

Todos se entretiveram por mais alguns minutos de conversação amistosa acerca da mensagem de Jesus, e Dimas se despediu, partindo a seguir. Antes de sair, ele fitou Drusus mais uma vez.

Depois que Dimas partiu...

– Tenho a impressão de conhecê-lo de algum lugar... – Drusus comentou, franzindo a testa como a remexer em suas lembranças.

– Se Drusus estivesse em condições poderíamos levá-lo conosco para a pregação nas catacumbas.

– Esposa, ele ainda está debilitado, penso até em não comparecer à pregação da madrugada...

Glauco o interrompeu dizendo:

– Podeis participar da reunião dos nossos irmãos em Cristo, ficarei aqui cuidando de Drusus!

– Não sou criança para merecer tantos zelos exagerados... – o ex-segurança do Imperador falou contrariado.

– Por enquanto necessitas da nossa cooperação, mas em breve tempo voltarás a cuidar de ti mesmo – e sorrindo, Glauco completou: – Agora deixa de lado a irritação e permitas que eu te preste os cuidados necessários!

Ana e Eustáquio riram do jeito carrancudo de Drusus.

– Pelos "deuses"! Até quando terei que aceitar isso?

– Até poderes fazer tudo sozinho novamente!

– Está bem, Glauco... Está bem...

O gladiador resmungou, vencido pelos argumentos.

# A delação

Era alta madrugada, quando dois vultos se esgueiravam cuidadosamente pela Via Tiburtina em direção ao local das pregações evangélicas.

As catacumbas erguidas ao longo de várias avenidas romanas eram os locais mais seguros e discretos para o culto do Evangelho de Jesus.

Aqueles eram dias tormentosos, de intensa perseguição aos seguidores do Cristo.

Corria o mês de julho, e o verão em Roma estava insuportável.

De várias direções da cidade os seguidores de Jesus chegavam para ouvir a pregação da Boa Nova.

Ana e Eustáquio, já bem conhecidos, e muito respeitados pela dedicação à causa nova, eram auxiliares diretos na organização da reunião cristã.

Petrônio Cominius era o líder dos cristãos, e de maneira fraternal acolhia os recém-chegados para os trabalhos da noite.

Ali um ancião necessitava de acomodação, acolá um enfermo carecia de atenção.

Passados alguns minutos, um pequeno grupo estava reunido para ouvir a Boa Nova do Reino.

O último a se ajeitar foi Dimas, que após abraçar Petrônio, acomodou-se junto aos irmãos de fé.

Petrônio iniciou as atividades dizendo:

– Meus irmãos em Cristo, a paz esteja convosco! Embora o mundo esteja ainda inebriado pelo perfume do Evangelho Redentor trazido por Jesus, vivemos o tempo dos testemunhos. Muitos irmãos de fé já partiram para o reino prometido por Jesus experimentando o sarcasmo e a ironia daqueles que detêm o poder temporal. Para os que estagiam na Terra e experimentam nessa vida as ilusões do poder material, o reino prometido por Jesus é utopia e alucinação para os sofredores. Todavia, o Mestre Galileu nos convida a edificar o seu reino já na vida atual pela consciência de que os tesouros de que necessitamos para a vida plena se encontram na intimidade da nossa alma. É na compreensão e na aceitação das lutas, que nos são impostas, que o nosso caminhar se torna mais suave, sob o jugo de Jesus. O Cristo não nos convida à submissão absoluta, pelo contrário, ao afirmar que veio nos trazer a espada e não a paz o Cordeiro de Deus nos chama para o trabalho de conciliação entre os homens, mas não pelo poder do ouro. Devemos nos reunir à mesa do amor cristão, no esforço do amarmo-nos uns aos outros.

As palavras de Petrônio tocavam a todos os corações com sua ternura, e ao mesmo tempo esparzia grande força consoladora.

Ana e Eustáquio se regozijavam com as lições da noite.

O orador iria retomar a exposição quando foi interrompido pela chegada intempestiva de Lucius, um dos responsáveis pela segurança.

Petrônio percebeu a inquietação do recém-chegado e indagou preocupado:

– A paz esteja convosco, Lucius...

Ofegante e aflito ele falou:

– Saiam todos, fujam daqui, fomos delatados. Os soldados romanos não chegaram antes devido a um contratempo com o centurião que comandaria a ação, mas eles chegarão em breve.

Preocupado com a segurança de todos, Petrônio advertiu:

– Meus irmãos, se Jesus permitiu que o alerta nos chegasse a tempo é hora de dispersarmos. Não é o momento do nosso testemunho. Partamos sem demora! Vão em paz!

O pequeno grupo atendeu ao pedido do respeitável orador e se dispersou rapidamente.

Dimas e Petrônio saíram juntos e ganharam a Via Tiburtina.

***

Glauco se ocupava da limpeza dos utensílios utilizados na refeição de Drusus quando se surpreendeu:

– Mas, o que aconteceu para os meus benfeitores retornarem tão cedo ao lar? Imaginei que estivessem ainda reunidos a estudar o Evangelho.

– Fomos delatados e por pouco não fomos levados para a prisão – Eustáquio comentou.

– As palavras de Petrônio estavam cheias de inspiração esta noite, mas infelizmente fomos interrompidos pela chegada do nosso irmão Lucius. Ainda bem que ele conseguiu nos alertar.

– Mas como ele soube da chegada dos soldados, Ana?

– Lucius tem um informante que serve nas forças da águia imperial – Eustáquio respondeu, antecipando-se.

– Isso mesmo! Ouvimos dizer que um parente dele o mantém informado sobre as ações do centurião responsável pela perseguição aos cristãos – Ana completou.

No cômodo ao lado, Drusus ouvia tudo com atenção.

Intimamente, o ex-gladiador de Nero travava a mais difícil batalha da sua vida.

Como poderia permanecer no meio daquelas pessoas estranhas, que acreditavam num carpinteiro crucificado?

Logo ele, que havia degolado homens e mulheres, mansas e pacíficas, que cantavam melodias sobre um salvador.

Que reino era aquele que fazia com que os cristãos não temessem a morte?

Após conviver e se beneficiar dos favores do poder romano, como iria viver longe dos prazeres a que se acostumara?

Uma coisa era certa em seu coração: mesmo que não concordasse e relutasse em aceitar, aquelas eram as pessoas que tinham salvado a sua vida.

O Imperador, ao contrário, quis a sua morte, e, na verdade, Nero acreditava que ele estivesse morto naquele momento.

Drusus experimentava pesadelos terríveis e acordava muitas vezes sobressaltado.

Nesses sonhos as perseguições eram muitas, e criaturas horrendas desejavam se vingar dele.

Durante sua recuperação não foram poucas as noites em que Glauco o viu gritando enquanto dormia.

O corpo físico do gladiador, embora adormecido, revelava a agitação de pernas e braços em lutas constantes.

Em alguns sonhos, via diante de si um grupo de cristãos que entoavam músicas de gratidão e louvor a Deus. Quando despertava, sobressaltava-se em indagações sem resposta.

Que amor era aquele que perdoava os inimigos?

Que feitiço poderoso se manifestava por aquelas pessoas em nome de Jesus?

Por mais que ouvisse falar pela boca de seus benfeitores a respeito da mansidão de Jesus, era inimaginável abandonar a espada e o escudo, os instrumentos com os quais convivera durante quase toda sua vida.

Drusus confessava a si mesmo as vezes em que vira Glauco entregue ao sono e sentiu vontade de pegar uma adaga e degolar o jovem cristão.

Os dias foram passando, e ele se viu obrigado a aceitar a convivência daquele rapaz que lhe poupara a vida e que novamente o salvara, desvelando-se em cuidados por sua recuperação.

Ao ouvir as palavras de Ana e Eustáquio, sobre a delação de que foram vítimas, ele se angustiou porque sabia que mais dia menos dia, os dois seriam presos e levados ao circo romano.

Nero era insaciável em sua sede de poder.

O Imperador amava demonstrar sua força e humilhar a quem ousasse discordar de suas ideias e opiniões.

Foram muitas as noites em que Drusus cuidou pessoalmente da segurança dos aposentos de Nero, para que o Imperador se entregasse aos prazeres inconfessáveis que o aturdiam e subjugavam repetidas vezes.

Drusus foi interrompido em seus pensamentos pela voz doce de Ana:

– E o nosso hóspede, como vai? Cuidaste bem dele, Glauco?

– Ele é um pouco teimoso, mas está bem.

O jovem romano intimamente envergonhava-se ao receber todos aqueles cuidados e dedicação. Não sabia o que fazer e ruborizava-se.

– Então, sente-se melhor, Drusus?

– Sim, Eustáquio, obrigado!

– Precisamos agradecer a Jesus mais uma vez por sua recuperação.

Drusus era "açoitado" pelo amor a todos os momentos.

Glauco, Ana e Eustáquio se revezavam em desvelo amoroso.

O ex-gladiador sentia que o escudo do seu orgulho caía ao chão da vergonha. A espada da indiferença, tantas vezes empunhada, aos poucos, era desembainhada e jogada fora.

Aquelas pessoas em nome do profeta carpinteiro desnudavam sua alma.

Toda violência que ele promovera contra os cristãos lhe estava sendo devolvida com amor.

As palavras lhe faltavam nos lábios em muitos momentos, e por mais difícil que fosse admitir, as lágrimas chegavam até sua garganta e transbordavam por seus olhos.

Glauco presenciara um desses momentos assim que chegou à porta do humilde aposento, mas percebendo o instante grave para aquele coração, afastou-se delicadamente para não constranger o novo amigo.

– Que bom que estás melhor! – Ana falou com sorriso fraternal.

– Estou muito bem e gostaria de agradecer a todos pelos cuidados que me dispensaram.

– Ora, Drusus, somos uma família!

As palavras de Eustáquio trouxeram lembranças amargas para o temível gladiador.

Em sua mente, os pensamentos se atropelavam e lembranças tristes eram revolvidas do fundo de sua memória.

A infância abandonada e sem família.

Esforçava-se por lembrar do rosto da mãe, mas nenhum traço lhe adornava as lembranças.

– Drusus, estás bem?

O ex-gladiador pareceu despertar dos escombros de suas lembranças:

– Sim... Sim...

Glauco que a tudo observava, sugeriu:

– Façamos, então, uma prece de gratidão pela recuperação de Drusus.

– Isso mesmo, Glauco! – Eustáquio concordou.

– Podemos fazer a prece que o próprio Cristo nos ensinou!

– Claro, Ana, oremos a prece que Jesus nos ensinou! – Glauco disse com emoção.

Drusus olhou para os três que se diziam seus familiares e observou que todos cerravam os olhos.

Ele decidiu fazer o mesmo.

As palavras de Glauco ecoaram no ambiente, e Drusus surpreendeu-se com a emoção que sentiu.

*Pai nosso que estais no céu...*

*Santificado seja o vosso nome...*

# A CARTA DO APÓSTOLO

Após a oração todos experimentaram o júbilo e a alegria que chega ao coração pelas bênçãos da prece.

– Esposo – Ana falou com tom grave na voz –, não será esse o momento de partilharmos o tesouro que encontramos?

– Sim, esposa, vamos dividir com nossos irmãos o tesouro que chegou às nossas mãos.

– Aconteceu algo grave? – Glauco indagou.

– Podemos ajudar? – Drusus se preocupou.

– Sim, podeis nos ajudar, porque a vida em suas tramas nos tornou portadores de um tesouro, que deve ser bem cuidado para a posteridade – Eustáquio esclareceu.

– Se somos dignos dessa confiança, tanto eu quanto Drusus, agradecemos e prometemos zelar pelo que conheceremos aqui.

– Certo, Glauco! – o semblante de Eustáquio revelou preocupação. – Tudo aconteceu quando fomos buscar os restos mortais do grande Apóstolo e ex-doutor da lei. Acompanhamos por diversas vezes a pregação desse servidor de Jesus. Assim que tomamos conhecimento da sua prisão, e depois da sua execução, nos unimos a outros irmãos no desejo de sepultar dignamente o corpo do venerando trabalhador do Evangelho. Sabíamos por informantes onde a execução se daria, e após a consumação do triste episódio aguardamos o passar das horas para buscar o corpo. Como sabeis, o tempo que esperamos beneficiou no vosso resgate. Tínhamos que ser rápidos, e após as ações iniciais preparamos o corpo para sepultá-lo. Quando remexi na túnica do nosso benfeitor do Evangelho um pergaminho caiu ao chão. Naquele instante, fiquei em dúvida se deveria sepultar os escritos com o corpo, mas fui visitado por pensamento insistente a me dizer que eu deveria trazer comigo o tal escrito. Um momento!

Eustáquio interrompeu a narrativa, Glauco e Drusus mantiveram o silêncio enquanto Ana saía rapidamente e retornava com pequena arca que entregou ao esposo.

Eustáquio abriu a pequenina arca e retirou do seu interior um pergaminho.

– Tenho fortes motivos para crer que essa seja a última carta de Paulo, e me preocupo para que ela chegue ao seu destino.

Glauco contemplou aquele pergaminho que Paulo carregava em sua túnica no instante derradeiro. A emoção invadiu o coração do jovem cristão.

– Posso?

– Sim, Glauco!

Ele pegou com cuidado a última carta de Paulo e desenrolou parcialmente apenas uma parte do rolo. Então, leu em voz alta as primeiras palavras:

*A Timóteo, meu amado filho: Graça, misericórdia, e paz da parte de Deus Pai, e da de Cristo Jesus, Senhor nosso.*

Glauco leu o nome de Timóteo e decidiu enrolar novamente o documento.

Meditou por alguns instantes sob o olhar dos outros companheiros e afirmou:

– É a última carta de Paulo, sem dúvida, e é endereçada a Timóteo.

Eustáquio coçou a cabeça procurando alinhar o raciocínio.

Ana franziu a testa.

Drusus observava que pela reação dos seus novos amigos aquele documento era extremamente precioso. Resolveu aguardar pela palavra de alguém.

– Penso – Eustáquio falou emocionado –, que devemos nos esforçar para levar essa carta até Timóteo.

– Não foram poucas as ocasiões que se ouviu da boca de Paulo palavras paternais a respeito do jovem Timóteo. Os nossos irmãos, que privavam da intimidade do ex-doutor da lei, comentaram muitas vezes do amor filial que Timóteo, por sua parte, também ofertava ao Apóstolo – Ana comentou sob forte emoção.

– Então, precisamos levar essa carta até o filho espiritual de Paulo. Certamente, era essa a vontade do dedicado Apóstolo, não fosse a execução da qual foi vítima. É possível que essa carta tenha sido redigida dentro do cárcere. E certamente não houve tempo para arranjar alguém que a levasse ao seu destino.

– Se eu puder auxiliar em alguma coisa! – Drusus se ofereceu.

– Ambos podem! – Eustáquio asseverou. – Se vos unirem, os dois serão os mensageiros da última carta do Apóstolo.

– Imagino a grandiosidade das orientações de Paulo contidas nessa carta. Ele já antevia sua partida para o reino de Jesus e deixou suas últimas palavras confiadas a Timóteo – um dos continuadores da divulgação da Boa Nova.

– É verdade, Ana! Estamos de posse de um tesouro espiritual e precisamos cuidar da entrega dessa mensagem. Essa é a vontade de Paulo, e cabe a nós fazermos com que isso aconteça.

– Serei um dos mensageiros!

– Vamos juntos, Drusus! – Glauco afirmou.

– Confiamos em ambos, sabemos que não foi à toa que a vida os uniu – Eustáquio disse, confiante.

– Precisamos descobrir onde encontrar Timóteo.

– É verdade, Glauco, essa informação não deve ser difícil de ser conseguida, acredito que Petrônio possa nos ajudar – Ana falou com entusiasmo.

– E como faremos contato com ele?

– Drusus, após a delação sobre nossa reunião nas catacumbas, deveremos aguardar por alguns dias, até que novo local seja definido para nossas prédicas em torno do Evangelho – Eustáquio esclareceu.

– Enquanto isso, vossas forças físicas são recompostas totalmente, porque a viagem será longa e não se sabe quanto tempo poderá levar.

– Tens razão, Ana. De qualquer maneira, rogo a Deus me conceda essa oportunidade, pois gostaria de aproveitar da viagem tão longa para visitar Jerusalém. Gostaria de sentir naquelas paragens o perfume do amor de Jesus que, tenho certeza, ainda impregna a cidade.

– Glauco, sua sugestão quase me convence a acompanhá-los. Só de imaginar, meu coração bate emocionado, caso me fosse concedida a oportunidade de ir à Palestina.

– Venha conosco, Eustáquio?

– Não posso, Drusus, já não tenho a força juvenil e a tua disposição. Certamente, em algum momento da viagem me tornaria um fardo para todos.

– De forma alguma, Eustáquio, venha conosco?

– Aguardemos o tempo certo para que a vida fale. Guardo alguns pressentimentos em meu espírito de que em breve tempo testemunharemos nossa fé em Jesus como outros irmãos nossos já testemunharam. E existe outra tarefa que me prende aqui.

O semblante do esposo de Ana demonstrava certa melancolia nas palavras.

Entendendo o que o companheiro queria dizer, ela manteve o silêncio em solidariedade à alma querida de seu coração.

– Essa viagem também é providencial, porque os afasta daqui nesse momento grave.

– É verdade, Ana. Será muito bom para nós dois nos afastarmos de Roma por um tempo.

– Agora vamos procurar informações com o descanso, é importante atender ao aviso do corpo, e ele nos diz que é hora de descansar – Ana comentou sorrindo.

– Então, boa noite! – Glauco se despediu.

Drusus que já estava deitado também cumprimentou os amigos para dormir.

O silêncio fez-se ouvir.

Após alguns minutos, Drusus começou a se inquietar porque, por mais que tentasse, o sono não chegava.

Pensamentos e recordações invadiam sua alma. Desfilavam em sua mente as lembranças da vida de luxúria que experimentara junto ao Império. Estranhamente, lembrou-se de Gaia, sua prostituta preferida no Lupanar Pompeia.

A proximidade com Nero lhe granjeara muitos favores, abrindo-lhe portas na sociedade patrícia.

Entre o turbilhonar dos pensamentos, finalmente o sono reparador chegou.

# Jovens cristãos

Pela manhã...

O pequeno grupo conversava acerca das expectativas em relação à grande viagem.

Todos estavam felizes.

Drusus despertara com o semblante carrancudo, mas Glauco, Ana e Eustáquio esforçavam-se por deixar o ex-gladiador mais à vontade.

Apenas ele sabia das tempestades que sua alma experimentava.

Intimamente, as lutas prosseguiam.

E não raras vezes Drusus se indagava:

"Como posso sentir amor pelo Crucificado se mal conheço quem ele é?"

Glauco falava emocionadamente sobre Jesus e o mesmo se dava com o casal, mas ainda assim Drusus vivenciava grande conflito. Seu coração lhe pedia para tentar a nova vida, mas a única que ele conhecia era aquela em que sua espada falava mais alto.

A casa de Ana e Eustáquio era isolada e todos que ali chegavam, gozavam da amizade do simpático casal.

A conversação feliz foi interrompida por algumas vozes que vinham da frente da casa.

Drusus pôs-se em alerta.

Glauco demonstrou preocupação.

Ana e Eustáquio sorriram.

– Não se preocupem, amigos, hoje é dia de nos reunirmos com um grupo de jovens para falar sobre o Evangelho. Eles já estiveram aqui nos dias em que ambos estavam se recuperando dos ferimentos. Normalmente nos reunimos à tarde, mas hoje o encontro ocorre mais cedo – Eustáquio esclareceu.

– Evangelho para jovens? Não entendi!

– Glauco, a mensagem de Jesus também chegou aos corações mais jovens. Esse trabalho que fazemos ainda é novo. O Mestre também encanta a alma daqueles que se encontram na primavera da vida na Terra. Os jovens são aqueles que mais prontamente buscam Jesus, pela identidade revolucionária da sua mensagem redentora. Jesus exerce fascínio sobre todos que tomam contato com sua mensagem, em especial os jovens desses tempos em que os seguidores da Boa Nova são perseguidos. Alguns jovens, inclusive do patriciado, vêm aos nossos encontros para falarmos do Mestre.

– E os soldados romanos? Não existe perigo?

– Claro que existe, Drusus, mas pelo menos até agora temos passado despercebidos. Roma mantém seu foco apenas nas reuniões dos adultos nas catacumbas. Os perseguidores da nossa mensagem não se preocupam com a mensagem cristã para a criança, muito menos para o jovem. A atenção do Império se detém nos homens e nas mulheres.

– Eles não perceberam ainda que o Reino trazido por Jesus é para o espírito imortal – Ana observou.

– Eustáquio... Ana... – Os jovens chamaram à frente da casa.

– Estou emocionado com o que vejo aqui – Glauco comentou com admiração.

– Procuramos falar do Evangelho para os nossos jovens. Precisamos levar Jesus para o mundo deles. Muito nos emociona que em nossa casa esteja a carta de Paulo destinada ao seu mais jovem seguidor. Como diz as primeiras palavras do pergaminho: *A Timóteo, meu amado filho...* Imagino que a carta traga orientações de Paulo para os nossos jovens, por isso, necessita chegar até Timóteo.

– Infelizmente, muitos jovens romanos estão sob a influência dos deuses que nada respondem sobre as necessidades da alma. Os jovens do patriciado seguem as influências da corrompida sociedade romana. E não raras vezes, grande parte dos pais levam seus jovens filhos para testemunhar a morte dos cristãos no circo. Não existe escrúpulos em educar a juventude, que comporá a sociedade do futuro sob a influência da brutalidade, que sempre caracterizou o domínio da águia imperial sobre outros povos. Os jovens herdam a arrogância e a prepotência de seus pais.

– Vou pedir para que eles esperem... – Ana advertiu.

– Sim.... Faça isso, esposa – e Eustáquio concluiu: – A perseguição sofrida pelos cristãos, mesmo sendo o flagelo que nós testemunhamos, tem chamado a atenção de muitos jovens que não compreendem o porquê da matança de pessoas humildes por elas seguirem a mensagem de um humilde carpinteiro. Imagino que lá fora, me esperando, estão seis jovens. Quatro garotos e duas garotas. Eles procuraram a mim e a Ana pedindo que falássemos sobre Jesus. A princípio ficamos temerosos, mas depois nos alegramos, porque eles têm vindo aqui, semana após semana, estudar a Boa Nova conosco.

– E todos vieram juntos? – Drusus perguntou.

– O primeiro foi o jovem Tibérius, filho de Petrônio, que queria acompanhar o pai nas catacumbas. O pregador se viu embaraçado com o pedido do filho, e para segurança do rapaz encaminhou-o até nós. Combinamos o dia da primeira conversa, e na hora marcada Tibérius chegou com mais três jovens.

– E as duas garotas? Como chegaram? – Drusus questionou.

– As duas jovens são um caso muito especial e também delicado.

– Por que delicado, Eustáquio?

– Sim, Glauco, delicado. Uma das jovens é filha de um conhecido senador romano.

– Por Jesus! Como pode se dar isso? – Glauco admirou-se.

– É verdade, irmão. Lucia tem dezesseis anos e é filha do Senador Aulus e veio à nossa reunião de estudo do Evangelho a convite de Quinta, que por sua vez é filha de Sofia, uma convertida ao Evangelho que frequenta os nossos encontros nas catacumbas. Sofia é uma das servidoras da casa do Senador Aulus.

– A presença dessa jovem expõe todos a um grande risco e perigo eminente – Drusus falou, demonstrando preocupação.

– Não temo pelos jovens, eles são muito responsáveis. E quanto a mim, em algum momento serei chamado ao testemunho da minha fé.

Nesse momento, Ana apareceu na porta e falou:

– Esposo, eles estão aguardando sua presença!

– Posso participar?

– Sim, Glauco, tua presença por certo trará interessante contribuição.

– Quanto a mim, ficarei por aqui, não tenho nada a dar com respeito ao Evangelho, e de fato é mais seguro para todos. Não devemos correr o risco de que eu seja reconhecido por alguém!

Eustáquio concordou, anuindo com a cabeça.

A construção tinha à sua frente frondosa árvore rodeada de gramíneas, onde os jovens estavam acomodados.

A natureza sempre generosa soprava brisa agradável, o que tornava ainda mais leve e acolhedor o ambiente daquele dia especial.

Assim que todos se cumprimentaram com alegria cristã, o local encheu-se de vibrações de paz nascidas daqueles corações.

– Esse é Glauco, um amigo querido que veio passar um tempo conosco.

Os rostos juvenis se abriram em sorrisos contagiantes.

Um a um os jovens demonstraram por palavras fraternais as boas-vindas carinhosas.

Glauco, por sua vez, agradeceu comovido.

Por um instante, recordou-se de Elano. O momento de sua morte, pelo golpe de Drusus. Evitou rememorar os detalhes daquele triste evento.

Suas amargas recordações foram interrompidas pela doce voz de Lucia:

– Nosso irmão Glauco deseja fazer os comentários do Evangelho?

Por breves segundos, ele ficou petrificado nos olhos dela, e ela nos olhos dele.

Todos perceberam.

Ana pigarreou procurando chamar os dois jovens à realidade.

– Ah... Sim... É claro!

– Na semana passada – Eustáquio iniciou o estudo –, comentamos a passagem ensinada por Jesus que fala do perdão. Somos convidados pelo Mestre a perdoar as ofensas e o mal que nos fazem.

– Como fazer isso dentro de casa, quando nossos pais nos magoam e cobram de nós aquilo que não podemos dar? – a pergunta vinha de Lucia.

– Nossa família é o ninho sagrado, o abrigo concedido por Deus para aprendermos a amar.

– Irmão Eustáquio, meu lar é abençoado, mesmo com a agressividade de meu pai com a minha mãe. Quando assisto às agressões dele, quando ouço os gritos de minha mãe e principalmente o abandono que ela sofre sinto grande revolta em meu peito. Embora meu pai nunca tenha me maltratado, ele mal fala comigo, e só tem tempo para as coisas do Imperador. Se não fosse a presença de Quinta em minha vida, não sei o que faria.

– Não duvidamos das lutas que enfrentas em seu lar, mas Jesus nos pede para perdoar. O perdão não significa aceitação e cumplicidade com o mal que os outros praticam; a vivência do perdão ensinada por Jesus primeiramente nos pede para evitar o revide, mesmo que tenhamos plena consciência de que somos as vítimas.

A voz de Eustáquio entrava pela casa e chegava aos ouvidos de Drusus.

O ex-favorito de Nero, deitado em seu leito, ouvia aquelas palavras que lhe repercutiam estranhas em sua alma.

Como poderia ele perdoar a desfeita que Nero lhe fizera após tanta dedicação ao seu Império?

E Eustáquio prosseguia...

– Revidar é agravar o mal que nos foi feito, porque de vítimas tornamo-nos agressores, igual ao agressor. Pagamos com o mal a maldade que nos foi feita. Aqueles que ainda se valem da agressão como espada de domínio sobre outras pessoas se encontram encarcerados na ignorância das verdades espirituais. E é a esses prisioneiros que o amor de Jesus veio libertar.

Eustáquio se calou, e todos refletiram nas sublimes advertências.

# Glauco e o Evangelho

– Glauco, poderias nos contar como foi teu contato com o Evangelho?

– Sim, Tibérius, meu coração se alegra sempre que recordo esses doces momentos.

Ele silenciou por instantes, e fitando o céu azul como a rebuscar os fatos no cofre da memória, relatou:

– Há poucos anos eu vivia com minha mãe e meu pai Antoninus, que era cesteiro. Ele fazia os cestos e eu entregava as encomendas. Vivíamos com alguma dificuldade, mas papai era nossa maior alegria. Ele dizia que quem conhece o Evangelho de Jesus não vive sem esperança. Nosso humilde lar em sua singeleza foi emoldurado por histórias sobre Jesus. Meu coração foi sendo envolvido pelo Mestre Galileu desde a primeira vez que ouvi seu nome. Certo dia, papai me presenteou com uma toga dizendo:

– Essa roupa é para marcar a data de hoje e um compromisso muito especial que teremos, iremos conhecer um homem que fala de Jesus como ninguém fala. Arrume-se que iremos ter com Paulo de Tarso.

– Papai já havia comentado várias vezes com muito entusiasmo sobre aquele homem, que ele afirmava ser especial. Logo perguntei se Paulo havia convivido com Jesus, e papai respondeu que ele não havia convivido, afirmou que Paulo vivia com

Jesus em todas as horas. Achei estranha aquela explicação, mas resolvi esperar pelo encontro.

– Quase duas horas depois, já usando a minha primeira toga, presente de aniversário, eu me sentia muito bem, estava feliz, porque até então só tinha visto usarem togas os garotos do patriciado que passavam nas liteiras pelas ruas mais suntuosas de Roma. Animado, falei a papai que estava pronto. Ele me olhou, e bem humorado disse que vestido daquele jeito eu era um legítimo representante do patriciado juvenil. Rimos juntos e partimos. Imaginei que iríamos a algum lugar de luxo, onde a riqueza dominasse tudo. Nada disso aconteceu, pois andávamos pelas mesmas ruas humildes em que muitas vezes transitei para entregar cestos. E à medida que adentrávamos aquele bairro periférico de Roma eu me decepcionava. Andamos por mais algum tempo, até que meu pai todo orgulhoso disse:

– É aqui.

– Entramos e algumas poucas pessoas também aguardavam. Depois de breve espera surgiu aquele senhor calvo, de nariz curvo e pernas arqueadas. Olhei para ele e vi tanta fragilidade. Confesso que pensei comigo: É este o homem forte de que ouvi falar, e que vive com Jesus?

– Todas as pessoas ali presentes, inclusive meu pai, reverenciaram aquele homem. Fiquei prestando atenção e me perguntando: – O tão comentado e respeitado Paulo de Tarso morava naquele lugar apertado? Mas, meus pensamentos e dúvidas teriam todas as respostas atendidas. Até que ele falou, mais ou menos nesses termos:

– Por graça de Jesus Cristo, nosso senhor, sigo divulgando a mensagem do Reino de Deus. Para falar de Jesus é preciso senti-lo e vivê-lo, porque se assim não for o coração de quem ouve não sente a música da caridade. Ela é a linguagem sublimada do amor, o consolo e a força, a alegria e a paz. Em Cristo e por

Cristo eu vivo hoje, longe das iniquidades do mundo que não aturdem mais a minha alma.

À medida que ele falava, meu coração se estremecia.

O Cristo a que ele se referia pulsava nas palavras que saiam de sua boca.

E durante sua fala, por vezes, seus olhos fitavam o céu, não o céu que nós vemos quando erguemos os olhos para o alto, mas o céu do Reino de Deus, o reino que nos ensina Jesus. Eu não saberia expressar as mesmas palavras ditas por ele naquele momento, mas todos sentíamos um ambiente diferente. Mas o fato inesquecível daquele encontro foi o instante em que ele olhando em meus olhos disse:

– Jesus é o jovem semeador, que deve e pode ser sentido pela juventude. Seu Evangelho é o frescor da primavera, tal como cada coração juvenil é primavera na vida do homem no mundo. A Boa Nova é a flor perfumada a desabrochar no jardim da vida humana, e é na mocidade que se pode colher os botões mais promissores para embelezar o mundo novo e transformado. As palavras de Jesus devem cair como o orvalho sobre os botões novos a fim de aliviar esses corações para o enfrentamento das lutas do mundo. Cada jovem que receber o orvalho do Evangelho de Jesus amanhecerá viçoso na idade adulta, pronto para superar as estações da vida na Terra.

– Ao encerrar suas palavras, seus lábios sorriram e meu coração se encheu de alegria, chorei emocionado. Paulo falou por mais algum tempo sobre o trabalho de divulgação do Evangelho, até que foi chamado por um soldado romano para comparecer perante as autoridades do Império. Bondoso, ele sorriu de maneira a acalmar nossos corações. Ele era cidadão romano e faria valer suas prerrogativas.

– E, então, partimos, e comigo a certeza de que nunca mais me separaria da presença de Jesus. Após esse dia, para surpresa de algumas pessoas, entreguei-me ao aprendizado do Evangelho, me esforçando por vivenciá-lo. Algum tempo depois, preso como seguidor do Profeta crucificado, meu pai partiu desse mundo testemunhando o amor pelo Evangelho, atirado às feras do circo.

Eustáquio e Ana, juntamente com todos os jovens estavam sob o forte impacto das emoções provocadas pela narrativa de Glauco.

Drusus, que a tudo ouvia, sentiu-se abalado profundamente pelas palavras de seu jovem benfeitor. Sua mente fervilhava de tantos pensamentos que se atropelavam, e dessas emoções mais dúvidas assaltavam seu coração.

Questionava-se:

"Que personagem é esse ao qual os homens e os jovens se entregam e não temem a morte?"

Novamente, Lucia e Glauco se olharam num transporte de ternura profunda.

A intuição de Ana, ao observar os dois jovens, imaginava nascer ali uma história de amor, que possivelmente seria permeada de lutas e lágrimas.

– Sua história emocionou a todos – Tibérius comentou.

– São esses fatos que fortalecem a nossa crença e a nossa fé em Jesus – afirmou Fabricius, outro jovem do grupo.

– Após ouvir essas histórias, estudar e conhecer o Evangelho, fica muito difícil compreender as futilidades da vida na sociedade romana – Otávius, mais um dos jovens, falou com convicção.

– Jesus é de fato um jovem como a gente. Estabeleceu um código novo para nossa vida. Quantas vezes estamos em casa e percebemos que tudo poderia ser diferente. Por vezes, tenho que cumprir compromissos que não são meus, ser alguém que não sou, apenas para estar de acordo com as conveniências sociais da sociedade romana. E quando me reúno com outros jovens, filhos de autoridades do Império, vejo neles a mesma vontade de mudar as coisas, de fugir daquelas bobagens. Papai acredita que Mercúrio é o mensageiro de outros deuses, afinal, é essa nossa cultura. Por tudo que temos estudado com Ana e Eustáquio vemos que o Cristo é um caminho novo para os jovens. Ele nos propõe uma revolução interior, uma batalha dentro do coração, que tem por prêmio a paz e o reino de Deus.

– Sim, Lucia, Ele é esse jovem, guerreiro sem armas, semeador de alegria e paz, usa a armadura da verdade, não se fez personagem para agradar às convenções humanas, simplesmente foi ele mesmo. Agiu com toda a força do seu exemplo, mesmo incomodando os que desejavam provocá-lo e submetê-lo às mentiras e conveniências sociais. Sua força é o imenso amor por todos nós – Ana comentou.

Drusus sentiu uma energia diferente em seu coração. Experimentou um sentimento que não sabia definir. Era como se pela primeira vez sua alma se desarmasse, saísse do estado de alerta, contra tudo e contra todos, como sempre viveu. Interiormente, o ex-gladiador de Nero havia baixado as armas.

– Mas, é justamente nas lutas de nossas vidas, com aqueles que não nos compreendem, que devemos usar do perdão. Jesus mostra, por toda sua conduta de vida, que não perdoar é permanecer em estado de guerra dentro da própria alma.

– É verdade, esposo!

Aquelas palavras despertavam em Drusus uma realidade até então desconhecida, mas comprovada em sua experiência pessoal.

“Eu vivo essa guerra dentro de mim!” – ele pensou.

A reunião com os jovens se encerrou e todos se despediram.

# Ambição

No átrio luxuoso, o Senador Aulus comtemplava os afrescos e as estátuas que retratavam a beleza que sua posição social podia bancar.

De olhos fixos nos afrescos ele falou:

– Sofia, quero que cuides de tudo durante a minha ausência. Não permitas que Claudia saia de casa, pois seus devaneios podem chegar até nosso meio social, e alguém poderia prejudicar minhas aspirações. Como ela está? Continua vendo coisas?

– Ela está bem, Senador Aulus. Essa noite, segundo ela própria, não teve pesadelos.

– Tenho certeza que Mercúrio não me faltará nesse momento decisivo de minha vida. Falta muito pouco para o Imperador me indicar a novo governador da Acaia. Se meus planos se concretizarem, definitivamente alcançarei o prestígio e a riqueza que faço por merecer. Os anos de dedicação e esforço a Roma serão agora recompensados. Minha vida conjugal e as alucinações de Claudia não podem ser expostas.

– Senador, desejo lhe pedir autorização para levar a senhora Claudia para um passeio.

– De jeito nenhum, para ela basta caminhar nos jardins da nossa propriedade. Não posso correr riscos de que alguém converse com ela e sua loucura seja exposta.

Sofia se entristeceu com as palavras, porque ela sabia que a esposa do Senador Aulus não era louca e nem do jeito que ele afirmava. Ela não entendia por que e como acontecia, mas Claudia era tratada feito louca por sonhar com os mortos.

As supostas crises amenizaram após Sofia, Quinta e Lucia passarem a fazer orações e comentários tendo as palavras de Jesus por base das conversas em grupo.

Sofia amava sua Senhora e desejava vê-la cada vez mais fortalecida, mas para isso era necessário que o Senador a livrasse do cativeiro doméstico em que a mantinha.

– Onde Lucia está?

– Ela saiu para um passeio junto com Quinta e deve estar chegando.

– Estou aguardando o Questor Marcus, assim que ele chegar encaminhe-o até o escritório onde estarei à sua espera.

Sofia respondeu, balançando a cabeça.

"Onde estão aquelas meninas que não chegam logo?" – ela perguntou a si mesma, preocupada.

Cogitando algumas preocupações domésticas, ela se distraiu e decidiu verificar o trabalho das demais servidoras da casa.

Vibia cuidava da limpeza, enquanto Gnaea se incumbia das refeições da família. Nesse momento, ela se deparou com Vibia que cuidava da arrumação do átrio.

Percebendo que após a limpeza da imagem de Mercúrio ela caminhou em direção aos aposentos da senhora Claudia, Sofia falou preocupada.

– Vibia, podes deixar que eu mesma cuido da limpeza dos aposentos da senhora Claudia, pois ela deve estar descansando.

A serviçal olhou para Sofia com certo desconforto e disse:

– Posso limpar o escritório?

– O Senador Aulus está lá aguardando visita, é melhor que cuides da sala de refeições, em breve as meninas vão chegar e certamente farão uma refeição.

Vibia se afastou e, sem que Sofia percebesse, entrou no escritório sem bater. O Senador Aulus viu que a serva entrou e a recebeu com certa intimidade.

– E, então, Vibia, descobriste alguma coisa suspeita na conduta de minha esposa?

Com ar interesseiro e olhar de cobiça, ela respondeu:

– De vossa esposa não tenho nada para falar, mas vossa filha Lucia apresenta comportamento estranho. Juntamente com Quinta, elas se dirigem semanalmente para a residência de um casal de seguidores do profeta de Nazaré.

– Não é possível que Lucia me imponha tamanha vergonha. Justamente nesse momento decisivo de minha carreira como homem de confiança do Imperador. O que mais podes me dizer?

– Conto com a generosidade e reconhecimento dos trabalhos prestados, Senador Aulus.

Ela falou com tom malicioso na voz.

– Não te preocupes, Vibia, assim que tiver a certeza do comportamento condenável de Sofia darei um jeito de te colocar no lugar dela. Já gozas de minha confiança, o que mais te falta?

– Bem, Senador, tenho contado com os préstimos do meu companheiro Spurius, que tem dedicado suas horas à vigilância de todos da casa, com isso, os recursos se tornaram escassos...

– Já entendi, Vibia.

O Senador pegou pequena bolsa de onde retirou alguns sestércios e os entregou para a serviçal.

Os olhos da mulher brilharam inescrupulosamente.

– Mantém os olhos abertos, e traz imediatamente qualquer nova informação.

– Sim, Senhor Senador, podes contar com toda minha fidelidade.

Ela saiu do escritório esgueirando-se pela casa, evitando ser vista por alguém.

***

– Senhor Senador – Sofia anunciou, abrindo a porta e se retirando logo em seguida –, o Questor Marcus!

O Senador abriu os braços e o sorriso, dizendo:

– Por Mercúrio, por que demoraste tanto?

– Compromissos administrativos no Império, perdoai-me Senador!

– Que bom que vieste.

– A alegria é minha em poder vos servir, Senador.

– Bem, Marcus, faltam apenas alguns detalhes para que o Imperador Nero me anuncie a novo governador da Acaia.

– Parabéns, Senador, essa é a província romana mais cobiçada por todos os senadores.

– Obrigado, Marcus! Venho lutando há muito tempo para conquistar essa província. Mas, uma responsabilidade tão grande não pode ser depositada nos ombros de um único homem.

O Questor Marcus ouviu tudo com muita atenção, ele sabia que o Senador Aulus era muito respeitado, e estar ao seu lado significava uma honraria.

Olhando seriamente nos olhos do Questor, o Senador indagou:

– Gostaria de te nomear para ser meu interventor, assim que Nero anunciar minha gestão à frente da Acaia. O que me dizes, em me acompanhar nessa empreitada?

Marcus sabia que aquela nomeação representaria o primeiro passo para a carreira política no Império. Não poderia surgir melhor oportunidade para ele de alçar voo a uma vida de realizações e poder.

A função era espinhosa, porque dentre outras ocupações administrativas o Questor era também o procurador, o cobrador de impostos do Império.

– Senador... – Marcus falou emocionado –, não posso recusar um chamado de Roma, mais ainda ele sendo feito pelo Senador Aulus.

– Muito bem! Conto com tua discrição por alguns dias, mas vai se inteirando de todas as informações possíveis com relação à Acaia para não perdermos tempo.

Um afetuoso abraço, seguido de um vigoroso aperto de mãos, selou o compromisso para o futuro.

Nesse instante bateram à porta.

– Entre...

– Com licença, Senador, perdoai interromper vossa reunião, mas desejo apenas comunicar que Lucia já está em casa.

– Obrigado, Sofia! Depois falarei com ela.

E dirigindo-se ao Questor, ele comentou:

– Perdoa essa breve interrupção, mas pedi a ela que me informasse sobre Lucia, assim que ela chegasse.

– De maneira alguma, Senador, compreendo vossas preocupações de pai zeloso pelo bem-estar de vossa filha.

– Ando realmente preocupado, porque soube que o Profeta Crucificado anda aliciando nossos jovens às custas de feitiçarias. Lucia ainda é muito frágil e pode se deixar levar por essas fantasias de reinos em outros mundos e essas bobagens todas. Tenho mantido vigilância constante sobre ela, mas sabemos como são os jovens, se descuidarmos um minuto, pronto, é o suficiente para que arranjem confusões. Tenho para mim que minha amada Claudia está sob efeito de algum encanto, promovido pelos seguidores desse malfeitor da Galileia.

Marcus ouvia tudo com atenção e mal disfarçava seu grande interesse no assunto.

– Senador, perdoai-me a ousadia, já que vos tenho profundo respeito, mas as questões que me movem são as mais puras, porque são nascidas de um sentimento genuíno.

– Podes falar, Questor Marcus, do que se trata?

– Bem... – ele pigarreou – o Senador sabe o quanto me esforço como servidor fiel a Roma e da minha dedicação e seriedade com as coisas santas do lar.

– Sim.... Prossegue... – O semblante do Senador ficou mais sério.

– Sonho em constituir uma família que respeite as nossas tradições. Almejo construir um lar que seja modelo para a nobre sociedade patrícia. Diante das minhas convicções, permiti humildemente postular a mão de sua filha Lucia, em quem vejo o modelo ideal de companheira pela educação nobre que o senhor proporcionou a ela.

Após as últimas palavras de Marcus, um silêncio se deu.

O Questor já se preocupava, quando para sua surpresa um sorriso nasceu no rosto do Senador Aulus.

– Mas que surpresa agradável, meu coração se regozija diante das tuas palavras. Eu diria que não apenas aprovo, mas sim vejo esse fato como uma intervenção de Mercúrio para resguardar minha filha das influências perniciosas do Nazareno crucificado.

– Jamais faltei com o respeito à vossa família, mas desde que meus olhos se iluminaram com a presença de Lucia nas reuniões sociais do Império, acalento esse sonho em meu coração.

– Compreendo perfeitamente esses sentimentos que envolvem os corações jovens, como o teu.

– Penso que ela talvez me ache muito mais velho...

O Senador gargalhou da colocação do pretendente.

– Quantos anos tens hoje, Questor Marcus?

– Tenho 32 anos, Senador!

– E se dizes velho? De maneira alguma, Lucia tem 16 e precisa de alguém experiente que possa protegê-la dos perigos dos dias de hoje.

– Nem sei o que dizer!

– Já disseste a ela?

– Não Senador, não ousaria abordá-la antes de vos falar.

– Então, o momento é chegado! Vem comigo, pois falarás com ela agora, e eu ao mesmo tempo darei meu consentimento.

O Senador colocou a mão sobre o ombro de Marcus e ambos deixaram o escritório, seguindo em direção ao átrio, onde se encontrava Sofia.

– Onde Lucia está?

– Ela está lanchando em companhia de Quinta.

– Vai chamá-la!

– Sim, Senador!

# A DECLARAÇÃO

Na sala de refeição...

– Quinta, – Lucia falou emocionada –, os olhos dele me prendiam e meu coração sentiu profunda emoção. Nunca, o olhar de algum dos jovens que conheço nas tediosas reuniões no palácio de Nero mexeram comigo daquela maneira. Além da altura dele que me chamou tanto a atenção.

Quinta sorriu com o jeito apaixonado da amiga.

Sofia, que chegava naquele instante, ainda pôde ouvir as últimas palavras de Lucia.

– Lucia, o Senador te chama ao átrio.

– O que o Senador deseja?

– Não fale assim, Lucia!

– Sofia, eu amo meu pai, mas não tenho acesso a ele, a não ser que ele deseje falar comigo, o que é raro. E eu não suporto o que ele faz com mamãe, mantendo-a prisioneira. O Senador Aulus nunca tem tempo para a família.

– Como seguidora do Evangelho que és, deves perdoar teu pai e seguires fazendo a tua parte. O Mestre não nos ensinou que a cada um é dado conforme as suas obras?

– Tudo bem, Sofia, foi apenas um desabafo e ao mesmo tempo uma surpresa saber que meu pai quer falar comigo. Vou atendê-lo!

– Isso mesmo, Lucia! Honra teu pai e tua mãe, como nos pede a lei.

Ela sorriu e, pensativa, foi ao encontro do pai.

Chegando ao átrio se surpreendeu ao encontrar o Senador acompanhado.

Sorridente, ele falou:

– Lucia, naturalmente já conheces o Questor Marcus, jovem muito responsável, competente e de futuro promissor na sociedade romana.

Reverente, o pretendente ao coração de Lucia sorriu com discrição e a cumprimentou, meneando a cabeça positivamente.

– Sim, papai, já fui apresentada ao Questor em uma das reuniões em que pudemos participar no palácio de Nero.

– Muito bem, sei que será uma surpresa para o teu coração, mas como teu pai e zelador da tua felicidade, acabei de prometer tua mão para compromisso de casamento com ele, o que espero se dê em breve.

Lucia deu um passo para trás recuando assustada ante a notícia que lhe pegou de surpresa.

Surpreendida, ela não conseguiu falar nada.

Sofia e Quinta que iam em direção ao átrio ouviram as palavras do Senador e estacaram os passos.

Silêncio sepulcral envolveu o ambiente.

Sem entender, o Senador rompeu com aquele estado de perplexidade:

– Então, minha filha, estás feliz?

– Não, eu não posso estar feliz... – ela respondeu com tom grave na voz.

– É a surpresa do momento – e virando-se para o Questor ele falou: – Tem paciência, Marcus, ela se acostuma com a ideia.

– Não vou me acostumar com a ideia de ter minha vida decidida por outra pessoa, mesmo que seja meu pai!

O Senador Aulus não esperava por aquela rebeldia vinda de sua filha e reagiu com energia:

– Sou teu pai e decido o que é melhor para tua vida. Em poucos dias deveremos deixar Roma, para novos compromissos de serviço ao Imperador, e quero que vá desposada por Marcus. Iremos como uma família unida e assim enfrentaremos as dificuldades desses tempos.

– Família unida, com mulheres encarceradas? Desejas por acaso me aprisionar no mesmo cárcere que minha mãe está submetida? Me entregas como se eu fosse uma mercadoria sem vontade própria?

O Senador encolerizou-se e gritou aturdido:

– Basta! Está decidido!

Marcus experimentou grande constrangimento e o orgulho invadiu seu coração.

Revoltado, ele refletiu:

"Quem ela pensa que é para me humilhar desse jeito? Não me faltam outras jovens que sonham ser desposadas por mim".

Astutamente, ele procurou contemporizar:

– Senador, ela tem razão, pois foi tomada de grande surpresa. É natural a reação dela! Mas gostaria de deixar registrado aqui todo sentimento puro que alimenta meu coração e minha alma. Eu serei o homem mais venturoso do mundo, se Lucia enfeitar meu lar das mais caras esperanças.

Ao mesmo tempo em que proferia essas palavras, Marcus elaborava em sua mente:

"Menina idiota, eu poderia abrir mão agora dessa pretensão, se não fossem os meus interesses profissionais e minha futura carreira como Senador, sonho que irei realizar, custe o que custar!"

Os ânimos continuavam acirrados.

– Agora vai para o teu quarto e prepara-te para receber uma vez por semana a visita do teu noivo.

Lucia começou a chorar, e o Senador repetiu.

– Vai para o seu quarto!

Ela saiu correndo e soluçando.

Sua mente e coração buscavam a figura de Glauco aumentando mais a sua dor.

Ardilosamente, Marcus procurou ter no Senador o melhor aliado para seu projeto.

– Lucia é muito jovem, Senador, no momento certo se curvará ao que é melhor para ela. De minha parte, prometo fazê-la feliz e ser fiel às vossas orientações.

– Eu me sinto mais tranquilo com tuas palavras, já não bastam os dissabores que enfrento com a mãe dela e agora essa rebeldia sem sentido.

***

– O que foi, minha filha? – Claudia indagou ao ver Lucia entrar chorando em seu quarto.

– Mamãe, ele quer me obrigar a casar com quem não amo!

Conhecedora do comportamento do esposo, ela procurou orientar a filha.

– Procures te acalmar, precisamos de tempo para que tudo fique bem.

– Não vai ficar bem, ele quer que eu me case em breve com o Questor Marcus.

– Vou falar com teu pai.

– Ele não vai vos ouvir, porque ele não vos respeita, se respeitasse não vos manteria em cárcere dentro da própria casa.

– Não sou prisioneira, filha.

– Sois prisioneira sim. Papai alega que tendes um comportamento anormal. Diz que sonhais com os mortos e quando despertais, vós fazeis revelações que deveriam ter permanecido no túmulo.

Claudia constrangeu-se com as palavras da filha, mas se esforçou por se dominar.

– Mamãe, desde quando viveis nessa situação?

– Que situação?

– Ora, mamãe, não me trateis feito criança. Desde que passei a compreender a vida vos vejo submissa aos caprichos do meu pai. Ele vos domina totalmente. Me pergunto, como uma mulher tão sensível e inteligente como a senhora se deixa escravizar por um homem embrutecido igual ao meu pai. Existe algum segredo nessa história que eu ainda não sei?

– Que tal deixarmos os meus problemas para outro momento e falarmos do teu coração? Quero que tu digas se o amor já cantou alguma canção de esperança nos ouvidos de tua alma. Conheceste alguém que mexeu contigo?

Lucia abaixou os belos olhos cor de mel e ruborizou-se.

Claudia segurou delicadamente no queixo da filha, erguendo-o carinhosamente, e indagou mais uma vez:

– Então, meu bem, algum jovem coração já está sendo o senhor dos teus sonhos?

– Sim, mamãe, existe alguém que mexe comigo sem que eu consiga controlar.

– E quando começaste a viver essa história?

– Essa tarde!

– Essa tarde? Oh, meu amor, e já foi o suficiente para te entregares assim?

– Foi sim, mamãe. Sabe quando temos certeza de que já vimos aquela pessoa antes?

Claudia sorriu, e naquela conversa com a filha conseguiu espantar a melancolia que tanto preenchia seus dias.

– Eu sei, minha querida. É um sentimento que a princípio parece estranho, mas que acontece de fato.

– Experimentastes isso com papai?

Claudia ergueu os olhos e hesitante respondeu:

– Um dia também experimentei esse sentimento.

– Então, a senhora me entende?

– Entendo, filha! Entendo sim! Quando vi teu pai pela primeira vez meu coração pareceu dançar dentro do meu peito. Depois daquele dia, minha vida nunca mais foi a mesma. As estrelas se tornaram mais brilhantes, os dias mais felizes. Tudo mudou em mim, e o mundo se fez diferente, e nas coisas mais simples enxergava riquezas que só o coração que ama é capaz de perceber. Passei a viver um sonho de amor.

– Mas eu nunca vi meu pai tratar-vos com esse carinho e esse amor que a senhora tem por ele. Por que? Existe algo que eu desconheço na vossa história?

Claudia sentiu enorme desconforto e procurou mudar de assunto.

– Mas, fale mais sobre esse homem que abriu a porta dos teus sonhos de mulher.

Lucia, não percebendo o mal-estar experimentado pela mãe, revelou suas emoções.

– Depois do que vivi nessa tarde, como aceitar que meu pai escolha um esposo para mim? Desde que me vi nos olhos dele senti como se morasse no coração daquele homem.

Claudia aproximou-se da filha e a abraçou.

– Eu entendo, minha filha!

# Ajuda do alto

– Precisamos obter a informação acerca da cidade onde Timóteo está para levar a ele a última carta de Paulo.

– Sei que estás ansioso, Glauco, mas uma viagem como essa necessita ser bem planejada para que obtenha o êxito anelado.

– Tens razão, Eustáquio, mas a ansiedade domina os meus pensamentos.

– Os pensamentos são dominados pelo nobre projeto de entregar a Timóteo o legado de Paulo, mas pude perceber que os sentimentos não estão sob controle total.

– Não entendi, Ana. O que quiseste dizer com isso?

– Ela quis dizer, Glauco, que todos perceberam como teus olhos procuravam os olhos da jovem Lucia esta tarde – Drusus afirmou, se aproximando.

– Ora, o que é isso?

– Deve ser o amor, Glauco. Já ouviste falar sobre um sentimento que nasce entre os corações? – e dizendo isso, Drusus sorriu.

Eustáquio e Ana também sorriram com a observação do ex-favorito de Nero.

– E como é que pudeste testemunhar essa situação se estavas dentro de casa?

– Enquanto ouvia as falas no estudo dessa tarde, vez por outra, olhava por detrás da porta e pude ver as cenas e a troca de olhar entre ambos.

– Está bem, Drusus, confesso que meu coração deixou-se emocionar pela delicadeza e ternura de Lucia, mas tudo isso é um sonho, porque estou comprometido com a causa de Jesus, não tendo espaço em minha vida para o amor.

– Ora, Glauco, a Lucia também está comprometida com o Evangelho de Jesus. E não há nada demais um homem e uma mulher de conduta cristã se enamorem. Casais como vós serão a base para nova sociedade. Não concordas?

– Sim, Ana. Concordo! – Glauco não pôde fugir aos argumentos coerentes de Ana. – Mas, nesse momento em que sou um homem morto para a justiça de Roma, não posso esperar muita coisa da minha vida sentimental. Assim que descobrir o destino da minha viagem para a entrega da carta, partirei sem mais demora – e suspirando profundamente asseverou: – Penso em me fixar em outro lugar e a Palestina, onde viveu Jesus, tem a minha predileção. Dessa maneira, o que poderia sonhar com Lucia? Não tenho nada para oferecer a ela, a não ser o céu como teto.

– Glauco, bem se vê que não conheces o coração feminino – advertiu Ana. – Se uma mulher perceber que o homem lhe tem amor verdadeiro sentir-se-á feliz e segura, porque todas elas estão à procura de um céu de verdade, com alguém que seja honesto. Quanto às estrelas do céu, o amor quando é genuíno tonar-se-á a própria constelação.

Drusus, Eustáquio e Glauco silenciaram diante das palavras de profundo significado, pronunciadas por Ana.

Eles se encontravam sob a frondosa árvore, sob as estrelas que, aos poucos, surgiam à medida que o dia envelhecia.

A luz da Lua, que naquela noite se mostrava mais prateada, iluminava naturalmente toda natureza.

Uma brisa suave balsamizava a epiderme de todos trazendo o frescor para aqueles dias quentes na capital romana.

Absorvidos pela conversação fraterna, o pequeno grupo não percebeu a aproximação de três vultos.

Drusus, que estava acostumado aos comportamentos de alerta, foi quem primeiramente se deu conta.

– Parece que temos visita! – ele ia se recolher ao interior da casa para não ser visto, mas não houve tempo.

– Salve, Eustáquio, que a paz esteja convosco. Sou eu, Dimas...

O recém-chegado falou em voz alta, identificando-se acerca de vinte metros de onde estavam reunidos.

– A paz do Cristo, Dimas, sê bem-vindo! – saudou Eustáquio.

Eles chegaram e Dimas esclareceu.

– Esses são Isabel e Constantino. Após muita insistência minha eles decidiram me acompanhar.

Para surpresa de todos, Isabel pôs-se a gritar.

– Quem me trouxe aqui. Não acredito nessas bruxarias. Não adianta que vossas vozes mansas preguem em nome desse abominável profeta.

E após essas palavras, ela caiu ao chão e o corpo contorcia-se em espasmos intensos.

Eustáquio agachou-se ao lado da jovem desditosa, e colocando a mão sobre sua fronte disse com energia amorosa:

– Em nome de Jesus, deixe essa mulher, liberte-a da sua influência!

Drusus olhava aquilo profundamente impressionado.

Glauco e Ana observavam tudo com grande compaixão. A situação provocava piedade.

Constantino chorava aflito.

Após alguns instantes, que pareceram horas, a respiração de Isabel, antes ofegante, se restabelecia.

Eustáquio e Dimas auxiliaram a mulher a se reerguer.

O semblante transtornado havia se harmonizado.

– Estás bem, Isabel?

– Sim... – ela respondeu um tanto aturdida.

Constantino aproximou-se de Eustáquio querendo beijar-lhe as mãos.

– Ora, não faças isso, homem!

– Minha Isabel, faz alguns meses nem dormia mais direito. A cada hora ficava diferente. Às vezes, violenta, de outras vezes muda, não dizia uma única palavra.

– Tentei por algumas vezes expulsar esse espírito imundo da vida dela, mas não consegui – Dimas afirmou. – Então, me lembrei de que Eustáquio já havia expulsado espíritos imundos por mais de uma vez. Diante da situação aflitiva de Isabel não tive dúvidas em trazê-la aqui.

– Todos recebemos ajuda do alto – Eustáquio esclareceu. – Jesus não nos abandona em nenhum instante. Ele nos ensinou que necessitamos ter fé.

– Segundo algumas pregações que ouvi nas catacumbas, o Mestre, respondendo às indagações dos próprios Apóstolos sobre o porquê deles não conseguirem expulsar alguns "demônios", esclareceu:

*Por que a fé que vocês têm é pequena. Eu lhes asseguro que se vocês tiverem fé do tamanho de um grão de mostarda, poderão dizer a este monte: 'Vá daqui para lá', e ele irá. Nada lhes será impossível.* (Mateus: 17,20).

Dimas olhou para Glauco e com ares de desconfiança pelo que havia ouvido, indagou:

– És o cristão que derrotou o favorito de Nero, não é?

– Não derrotei Drusus, foi Jesus quem venceu para que pudéssemos seguir divulgando sua palavra.

Dimas desconcertou-se com a resposta.

A situação desconfortável do momento foi interrompida por Isabel.

– Faz algum tempo que vinha sofrendo com pesadelos e perseguições. Não estou sentindo mais, nesse momento, o peso que tinha sobre minha cabeça. Minha visão ficava turva constantemente.

– Alegra-te, Isabel. Jesus te abençoa agora com a vida nova, foi Ele quem te curou.

– Já ouvi falar tantas maravilhas desse profeta, como posso segui-lo?

– É preciso aceitar que Ele passe a morar dentro do próprio coração. Quem tem a chave para a entrada de Jesus em nossas vidas somos nós mesmos. Quando ouvimos e entendemos suas mensagens de amor e paz a transformação acontece dentro da nossa alma. Ele vai chegando e mudando tudo, até que o Evangelho se torne o nosso roteiro de vida.

– A Ana tem razão, Isabel. Jesus não nos conquista pela violência ou nos obriga a aceitá-lo. São nossas dores e desesperanças que abrem as portas da alma. Quando não enxergamos mais as belezas ilusórias dessa vida, o Cristo nos revela o Reino dele, o mundo novo. Quando as portas do coração se escancaram e estendemos o tapete da fé o Cristo entra em nossa vida, porque a ajuda do alto nunca nos falta.

Todos olhavam para Eustáquio e admiravam-se das palavras inspiradas do servidor do Evangelho.

Dimas fitou Drusus com desdém e comentou:

– Mas, o gladiador Drusus agora também é um convertido à nossa causa?

– Ele é hóspede em minha casa, irmão Dimas. Da mesma maneira que Jesus não arromba portas para impor sua presença em nossas vidas, nós também não invadimos as convicções do nosso convidado. Temos aprendido muito com a presença dele em nossas vidas nesses dias que está conosco.

Dimas sentiu-se um tanto desconfortável com as palavras de Eustáquio e tentou esclarecer.

– Indaguei justamente por saber das convicções do vosso hóspede. É muito difícil abandonar velhas práticas para aderir de pronto à Boa Nova de Jesus. Acho que podemos partir, já que Isabel foi auxiliada.

Tomada de profunda emoção, ela se aproximou de Eustáquio e ajoelhou-se a seus pés.

Imediatamente ele a ergueu:

– Devemos nos curvar ao nosso Senhor e Mestre, pois é Ele que nos socorre em todas as dificuldades. Não lhe dei nada que possuía de mim. Foi Jesus quem te amparou. Agora vai e segue em paz a tua vida.

Constantino aproximou-se de Eustáquio e beijou-lhe a mão.

– Somos irmãos em Cristo Jesus, Constantino. As bênçãos provêm do coração do nosso meigo Rabi.

– Vamos indo? – convidou Dimas.

– Vai em paz, irmão Dimas! – Glauco se despediu desejando a paz, como era a prática entre os que alimentam a fé em Jesus.

Dimas sorriu e afirmou:

– Cuidem-se, se caso os representantes do Império descobrirem que Drusus e Glauco sobreviveram à condenação ditada pelo Imperador a situação tornar-se-á muito grave para todos.

– Temos essa consciência, irmão Dimas, mas cremos no amor e na proteção de Jesus. E caso venhamos a testemunhar nossa fé no Salvador pelas mãos dos soldados romanos, ainda assim acreditamos que Jesus estará na direção de todos os fatos.

Dimas olhou para Drusus que decididamente correspondeu ao olhar.

Eles partiram, afastando-se gradativamente.

Drusus demonstrou profunda irritação com a presença de Dimas, o que se revelou por suas palavras.

– Não sei por que, mas Dimas me causa muita desconfiança.

# Desafios novos

Nas semanas que se seguiram, Lucia e Quinta, juntamente com os outros jovens, continuaram a ouvir a respeito do Evangelho, mas então com as intervenções de Glauco, sempre com muita sabedoria.

Drusus, que na primeira vez acompanhou a reunião do lado de dentro da casa de Ana e Eustáquio, já se sentava com todos e escutava tudo com muita atenção.

Em uma das reuniões...

– Então, Pedro aproximou-se de Jesus e perguntou: *Senhor, quantas vezes deverei perdoar a meu irmão quando ele pecar contra mim? Até sete vezes?* (Mateus: 18,21).

*Jesus respondeu: Eu lhe digo: não até sete, mas até setenta vezes sete.* (Mateus:18,22).

– Esse ensinamento de Jesus pede que enfrentemos o nosso maior inimigo – Glauco asseverou –, que somos nós mesmos. Para a prática desse ensinamento necessitamos nos desvencilhar de todo orgulho e vaidade.

Drusus ouvia aquelas palavras proferidas por Glauco e acreditava que Jesus fosse louco, não insano apenas, mas o chefe dos loucos. Como é que alguém pode pedir a outra pessoa para perdoar não apenas sete vezes, como manda a lei, mas perdoar setenta vezes sete vezes?

Ele olhava para aquele grupo de jovens e para Ana e Eustáquio sem saber o que dizer.

Via que os olhos de todos adquiriam brilho especial quando pronunciavam o nome de Jesus.

Como podia ser isso?

Perdoar?

Infinitas vezes, perdoar até cansar e depois perdoar de novo?

Inquieto, o ex-favorito de Nero não se conteve e indagou:

– Glauco, não se aborreça com meu questionamento, mas será que o perdão não se cansa de tanto perdoar?

Todo o grupo sorriu com a pergunta de Drusus.

Glauco buscou inspiração para responder a tão significativa indagação.

Seus olhos percorreram o céu e pousaram nos olhos do jovem gladiador.

– O Mestre das nossas vidas não nos pediria algo impossível de se realizar. Da minha parte, entendo que ao nos pedir para perdoar infinitamente, Jesus não sugere que sejamos cúmplices e aceitemos o erro alheio sempre. Ele pede para compreender a condição de quem erra, porque ainda está a caminho conosco e o equívoco do próximo não pode nos impedir de caminhar.

– O que Glauco nos diz de forma muito inteligente e cristã – disse Ana – é que os erros são de quem os comete, e que nos cabe perdoar e seguir em frente. Não devemos paralisar a nossa vida e nos enredar na vingança, no desejo de revidar. Jesus pede perdão infinito para que nossa liberdade espiritual não seja tolhida. Perdoar é libertar-se da ofensa, é liberar-se do mal alheio, que não nos cabe, que mesmo que nos entristeça a princípio, não pode ter a força de acorrentar nossa vida, a vida de quem fez uma má escolha.

E Eustáquio foi ainda mais claro e explicou bem mais esse ensinamento de Jesus: – Quando alguém nos magoa lança uma rede em nossa direção, e se nos deixarmos prender por essa rede caminharemos algemados ao mal que nos fizeram.

Drusus surpreendia-se com aqueles conceitos estranhos à sua visão de vida.

– Compreendeste, Drusus?

– Compreender eu compreendi, mas o perdão como libertação ainda é difícil de ser aceito por mim, Ana.

– Que tal agora, diante desse calor, tomarmos um refresco?

– Ótima ideia, Ana! – Eustáquio concordou animado.

– Pode deixar que eu vou buscar! – Glauco se antecipou.

– Posso ir contigo? – Lucia pediu.

– Sim... Claro...

Enquanto o jovem casal saia em busca dos refrescos, o restante do grupo ainda tecia mais alguns comentários acerca da importância do perdão.

Nos breves instantes em que estiveram a sós, Glauco disse:

– Lucia, estar em tua companhia é estar abraçado à paz. Me sinto muito feliz e meu coração não consegue disfarçar o bem que tua presença me faz. Penso em estar ao teu lado todos os dias. É um sonho que amo e anseio, mas não consigo entender essa certeza que tenho, de que não lograrei a sua realização.

– Tenho orado a Jesus, para que Ele nos abençoe o ideal de amor. Venho sofrendo muito, porque meu pai me prometeu em casamento a alguém que não amo. É como se dia a dia se aproximasse o instante do meu exílio, da minha condenação. Quando te vejo, sinto que a minha alma goza de liberdade, da ventura do amor verdadeiro. Como deve ser triste a vida daqueles que se unem por interesses outros, que não seja o do amor.

Glauco demonstrou preocupação e falou:

– Como poderei ajudar-te, se não posso prometer nada? Tenho ainda uma tarefa a realizar, e além disso, não posso viver aqui, pois fui condenado à morte pelo Imperador.

– Morte que felizmente não aconteceu, e pude te conhecer. Vê a ventura de termos nos conhecido sob as bênçãos da Boa Nova. Será que isso não significa nada?

– É claro que sim! Estamos unidos pela causa de Jesus, pelo Evangelho que nos aproxima de Deus.

Por instantes, eles se perderam nos olhares apaixonados de um pelo outro.

As mãos se procuraram e um abraço aconteceu.

Lucia sentiu em seu coração que a união entre ambos estava selada definitivamente.

Glauco se emocionou, porque sentiu sua alma entrelaçar-se à alma de Lucia.

Eles permaneceram por alguns instantes abraçados.

– O que faremos?

– Lucia, não ouso te pedir para me acompanhar na viagem que deverei empreender.

– Não precisas pedir, porque minha alma quer ir contigo. O que seria de mim aqui sozinha? Como enfrentar a pressão do Senador Aulus, meu pai?

– A viagem só ocorrerá em alguns dias, vamos rogar a Jesus pedindo inspiração para melhor decisão a tomar.

– Sim, Glauco, façamos isso! Venho me esquivando das visitas do Questor Marcus, que semanalmente vai à minha casa.

– Como tem lidado com isso?

– Nas duas últimas oportunidades, meu pai foi ao quarto me buscar, e me obrigou a ficar no átrio conversando com ele. Em algumas visitas aleguei indisposição e fui preservada da companhia do Questor. Minha mãe tem procurado me ajudar, mas como sempre, ela sucumbe à presença de meu pai. Não sei o que se passa com ela, mas um dia ainda vou descobrir.

– Acho melhor levarmos o refresco!

– Havia me esquecido! – os dois sorriram e retornaram para o convívio dos demais.

# O sonho de Drusus

Todo grupo estava muito feliz.

Lucia e Glauco não escondiam a felicidade de estarem juntos, pelo menos naqueles breves instantes.

De corações unidos e experimentando grande júbilo, Tibérius fez a prece final de mais uma reunião.

Sob clima de fraternidade e amor, Eustáquio pediu a palavra:

– Enquanto fazíamos a prece me ocorreu um pensamento que gostaria de dividir com todos.

– Podes falar, esposo, todos estamos felizes e animados, afinal, é o Evangelho que nos proporciona tudo isso.

Ele respirou profundamente e disse emocionado:

– Em meus pensamentos, cheguei à conclusão de que realizamos semanalmente a primeira reunião de jovens em torno do Evangelho de Jesus. Esse fato é muito marcante. Quando tantos se reúnem para tramar o mal e as guerras, temos aqui alguns jovens que se encontram para falar do amor de Jesus.

– Que grande e oportuna observação, Eustáquio. Tens toda razão. Estamos reunidos com um grupo de jovens que deseja aprender sobre o Evangelho. No Império, a juventude patrícia se debruça nas futilidades materiais, enquanto experimentamos as bênçãos da fonte de luz que é o aprendizado da Boa Nova.

Experimentando grandes alegrias todos se despediram em clima de paz.

Lucia e Glauco trocaram carinhoso aperto de mãos.

Novamente a sós, Eustáquio, Glauco, Ana e Drusus se recolheram, e cada qual mergulhou nas necessidades da própria alma diante de tudo que o estudo do Evangelho havia oferecido.

Drusus acomodou-se e adormeceu.

Em instantes, se viu próximo a um lago encantador. Às margens desse lago, alguns jovens se entretinham em animada conversação. Sem compreender como tudo se passava, ele se sentiu atraído para onde estavam aqueles jovens.

Um deles, que permanecia de costas, parecia atirar pedras pequeninas no interior do lago, como se estivesse desenhando os círculos que davam forma à flor da água, quando os pedriscos a atingiam.

O ex-favorito de Nero estava, então, acerca de dois metros daquele personagem que seguia de costas para ele.

Então, ele se surpreendeu, quando foi chamado pelo nome:

– Irmão Drusus.... Como estás?

Assim que fez a pergunta o rapaz se virou, e Drusus tomou um susto.

– Que loucura é essa? – e balbuciando afirmou: – Mas eu te degolei!

– Irmão Drusus, a morte nos afastou fisicamente, mas estamos unidos pelo mesmo ideal. Não estou morto, como entendes que a morte seja o fim. Aliás, os pesadelos e perseguições que por vezes experimentas te falam sobre isso.

– Mas não pode ser! És o jovem cristão, amigo de Glauco, que vi morrer à minha frente!

– A morte, como tu pensas e entendes, como aniquilação total da vida só ceifa o corpo físico. O Evangelho de Jesus nos aproxima mais do que imaginas. Embora a descrença ainda alimente seu coração, as lições de Jesus vão se infiltrando em tua alma ressequida, como água benfazeja a irrigar teu coração. Quando despertares, guardarás algumas poucas lembranças do nosso encontro. Estou junto a ti, confia e segue adiante. Os testemunhos irão chegar, não desanimes, prossegue.

O jovem romano vivenciou profunda emoção, e sem conseguir entender o que se passava, começou a chorar.

O rosto de Elano lhe sorrindo o confundia.

Ele se recordou da lição do perdão.

Teria aquele jovem, que havia sido morto por suas próprias mãos, lhe perdoado?

As últimas palavras do amigo de Glauco repercutiam em sua alma:

– Não desanimes, prossegue...

Sob intenso suor, o jovem romano despertou.

Olhou para os lados e nada viu.

Mas mesmo fechando os olhos, a face de Elano a sorrir, parecia impressa em sua mente.

Glauco se aproximou e indagou:

– Está tudo bem, Drusus?

– Não... – ele respondeu confuso. – Quer dizer, sim...

– Sim ou não?

– Sim... Sim! Está tudo bem!

– Que estranho esse teu comportamento.

– Glauco, posso te fazer uma pergunta?

– Claro, se puder responder!

– Pode-se perdoar depois de morto?

– Por Cristo Jesus, nós os cristãos não acreditamos na morte, por isso minha crença é que podemos sim perdoar, mesmo depois da morte. No reino apresentado por Jesus o amor é a condição para habitá-lo.

– Tive um sonho estranho sobre perdão.

– Queres falar a respeito?

– Acho melhor não, pelo menos nesse momento. Vou aguardar mais um pouco, mas se não estiver ficando louco como os cristãos, alguma coisa muito séria está acontecendo comigo. Preciso ficar atento, para descobrir se isso não é fruto da minha imaginação.

– Está certo, irmão Drusus.

– O que foi que disseste?

– Nada demais, chamei-te de irmão Drusus por primeira vez, algum problema com isso?

O ex-gladiador romano teve a clara impressão de se lembrar que em seu sonho o jovem Elano o tratara de irmão Drusus.

"Estarei enlouquecendo?" – ele pensou, se esforçando por recordar outros fatos do sonho.

– Não desejas que te chame de irmão?

– Podes me chamar do que quiseres. Por Júpiter, estou enlouquecendo, como todos os cristãos! Agora dei para sonhar com perdão.

Glauco sorriu com as palavras do jovem romano e de maneira provocativa falou, afastando-se dele.

– Fica em paz, irmão Drusus.

O ex-gladiador se incomodou com a maneira que Glauco o tratou, mas decidiu se aquietar.

***

Na casa do Senador Aulus, nas dependências dos servos, dois personagens conversavam em tom sigiloso:

– Vibia, agora tenho plena certeza que a menina do Senador Aulus está se envolvendo com os seguidores do crucificado. Ela tem ido com Quinta semanalmente à casa de dois cristãos, de nome Ana e Eustáquio. Lá elas se juntam com mais quatro jovens e passam as tardes de quarta-feira em conversas animadas sobre a doutrina do famigerado carpinteiro.

– Como podes afirmar isso com tanta certeza?

– Tive essa confirmação com Tibérius, um dos jovenzinhos que frequenta a mesma reunião.

– Ora, e como conseguiste?

– Eu me fiz de necessitado e pedinte, e quando eles retornavam pelo caminho de volta, da dita reunião, afirmei que procurava a casa de Eustáquio e Ana para pedir ajuda. O jovem inocente me disse que eu poderia ir até lá, porque não havia quem procurasse o casal e não recebesse auxílio em nome de Jesus.

– Sua informação pode nos garantir alguns bons sestércios – Vibia esfregava as mãos e sorria diante da possibilidade de ganhar mais dinheiro.

– O que faço agora?

– Aguarda novas ordens enquanto eu negocio essa informação com o Senador Aulus.

– Achas que ele vai pagar por ela?

– Tenho certeza! Se ele não pagar, sei quem irá se alegrar com essa preciosa informação. De qualquer maneira, obteremos muitas moedas para nossa bolsa. Agora vai embora, antes que alguém nos veja.

Vibia sorriu diante da alegria de ganhar dinheiro.

Ela não se importava com as consequências dos atos que praticava.

# Reunião na catacumba

– Irmão Eustáquio, a paz de Jesus seja convosco. O irmão Petrônio pede para avisá-lo que retomaremos as reuniões na catacumba, mas a reunião se dará em outra catacumba, aquela que fica ao lado da Via Ápia.

– Obrigado, irmão Petrus! A alteração do local do nosso encontro é providencial e demonstra prudência por parte dele. Avise o nosso Petrônio que estaremos presentes na noite de hoje. Mas, ele não disse nada a respeito dos romanos?

– Não, irmão Eustáquio, segundo nossos informantes junto ao centurião Volúmnio tudo está calmo e sem novos fatos. A mudança do local da nossa reunião tranquiliza a todos.

Eles se despediram, e Ana que estava dentro da casa se aproximou.

– Esposo, está tudo bem?

– Sim, esposa. Retomaremos as pregações do Evangelho nas catacumbas.

– Não é arriscado?

– Sempre é arriscado, mas precisamos retomar o trabalho de divulgação da Boa Nova, e apenas nas catacumbas podemos abrigar e atingir bom número de necessitados da palavra do Cristo.

– Confiemos em Jesus!

– Então, teremos reunião e pregação do Evangelho?

– Isso mesmo, Glauco! – Ana confirmou.

– Irei acompanhá-los.

– E Drusus? – Eustáquio indagou.

– Perguntarei a ele se deseja estar conosco.

– Fazei isso, Glauco, acredito que o nosso amigo já esteja totalmente recuperado.

– Verdade, Eustáquio, estamos recuperados, por bondade do Cristo. Agora quero servi-lo em tudo que puder.

– Aproveitarei o encontro de hoje para inquirir Petrônio sobre o destino de Timóteo para que possam partir para o destino certo.

– Sem dúvida, Eustáquio. Assim que tivermos a informação cuidaremos dos detalhes da viagem e partiremos.

– Já estou com saudades desses dois – Ana falou emocionada.

– Meu coração já sente saudade da mesma forma, Ana. Acostumamo-nos com tua amizade e carinho.

– Somos irmãos em Cristo, Glauco, nunca te esqueças disso!

– Não me esquecerei, Ana. Pretendo, assim que puder, tornar a vos visitar. A única maneira de demonstrar gratidão por tudo que recebi da vossa bondade é voltar aqui quantas vezes puder para vos abraçar e manifestar gratidão pessoalmente.

– O que está acontecendo aqui? Perdi alguma coisa?

Drusus perguntou sorrindo.

– Estamos falando a respeito da viagem, irmão Drusus – Glauco falou com sorriso provocativo.

– Agora ele cismou que deve me chamar de "irmão Drusus"!

– Mas somos, de fato, irmãos, e não há como mudar essa realidade.

– Tudo bem, Eustáquio, mas Glauco me provoca a toda hora. E quando ele fala isso me faz recordar de um sonho que tive.

– Amo falar sobre sonhos, queres nos contar o que sonhou?

– Não me recordo de muita coisa, mas essa parte onde sou chamado no sonho de irmão Drusus, até hoje não esqueci. Coincidentemente, após despertar Glauco entrou no quarto e me chamou de irmão Drusus. Essa passagem ficou marcada em minha cabeça.

– Se alguém te tratou de irmão, mesmo no sonho, é porque algo significativo aconteceu. Não é, esposo? – argumentou Ana.

– Sonhos não são garantia de nada, mas todos nós aprendemos sempre alguma coisa ou recebemos orientação através dos sonhos.

– Eustáquio tem razão, Drusus. Os sonhos são canais de comunicação com a outra vida, aquela que não cessa – Glauco comentou com gravidade na voz.

– Desejas nos acompanhar na pregação das catacumbas, Drusus?

– Não sinto desejo de ir a esse lugar. Devo ficar por aqui mesmo.

– Está certo, Drusus, nós iremos logo mais à noite, mas não devemos demorar.

– Fico aguardando vosso retorno.

A tarde passou depressa e a noite chegou.

Após os preparativos e ajustes, três dos nossos personagens partiram para as catacumbas.

Na catacumba, os seguidores do profeta Nazareno chegavam aos poucos.

Como era de costume, Eustáquio e Petrônio recebiam a todos os que buscavam se beneficiar das luzes do Evangelho.

Glauco se emocionou e recordou da própria prisão na noite em que Paulo também foi detido.

Sofia chegou à reunião acompanhada de Lucia.

Aquela era a noite de visita do Questor Marcus, mas, numa atitude desafiadora Lucia saiu de casa sem falar com o pai.

Sofia fez o possível para convencer a jovem de que ela poderia com tal atitude causar problemas, mas Lucia não acatou a advertência.

Ao chegarem ao local das pregações evangélicas, elas se depararam com Glauco.

Com discrição, Lucia falou ao ouvido de Sofia:

– É ele...

– Ele quem, menina?

– O dono do meu coração – Glauco.

Sofia procurou disfarçar, mas olhou discretamente para Glauco.

Naquela noite em especial havia muitas pessoas.

Pelo tempo que as pregações ficaram suspensas, havia grande necessidade das almas esfaimadas em ouvir as palavras confortadoras do Evangelho de Jesus.

Petrônio buscou se acomodar em um lugar de onde lhe seria permitido falar e ser ouvido por todos os presentes.

Glauco ficou ao lado de Lucia e de Sofia.

Ao observarem o posicionamento de Petrônio para iniciar a fala, o silêncio se impôs de maneira natural.

– Irmãos em Cristo – ele iniciou sua fala. – Bem-aventurados são aqueles que não viram, mas creem na presença do Messias entre nós. Ainda enfrentamos a perseguição da ignorância, e o reino humano insiste em impedir a instauração do reino de Deus na Terra. Todos somos desafiados a manter a nossa fé. O reino de Nero se esforça em bloquear a luz do sol em nossas vidas. O Messias, mesmo tendo sua mensagem perseguida, segue vivo e ressuscitado entre nós. Ele ainda pede para que nos amemos uns aos outros, como Ele o fez. Afirmou o Mestre que seus discípulos seriam conhecidos por muito se amarem. E nessa noite, nossa união em torno do seu Evangelho demonstra que começamos a despertar para essa realidade.

A assembleia estava atenta às palavras de Petrônio, que naquela noite estavam emolduradas de ternura, cantando as belezas do reino de Deus pleno de esperança e promessas redentoras.

Glauco, de olhos marejados, pensava em Drusus e silenciosamente orava em benefício do ex-gladiador.

Suplicava também pela assistência de Jesus para o cumprimento da sua missão de levar a carta de Paulo a seu destino.

Ana, que se mantinha concentrada, também orava rogando proteção para toda assembleia.

Petrônio falou por mais alguns minutos e depois disso ofereceu a palavra a Eustáquio que abriu mão da oportunidade, deixando a palavra livre para quem desejasse utilizá-la.

Como ninguém se manifestasse para a tarefa, Eustáquio sugeriu que Glauco assumisse a palavra.

O jovem cristão se levantou, chamando a atenção de todos por sua estatura avantajada, e se posicionou para falar.

Ele recordou o último encontro com Paulo e tomado de contentamento e emoção falou com grande energia.

– Irmãos em Cristo, a paz seja convosco! Estamos reunidos mais uma vez pelas bênçãos do Evangelho. Jesus é o caminho, a verdade e a vida, mas o Mestre necessita de trabalhadores esforçados para sua vinha. E nessa noite em que me ofertam a palavra para cantar as belezas do Evangelho, gostaria de falar acerca de um dedicado servidor do Cristo. Me refiro à Paulo de Tarso, o homem que trouxe o Evangelho de Jesus para os gentios. Não foram poucas as vezes que ele sofreu a perseguição da ignorância e da maldade, mas ainda assim seguiu determinado, colocando a luz do Evangelho para a visão de todos nós. Paulo atendeu ao convite de Jesus e com dedicação edificou o Reino de Deus por dentro de sua alma, para poder exemplificá-lo em suas ações e palavras.

Lucia orgulhava-se em ver Glauco tão determinado e envolvido com a mensagem cristã.

Os olhos dele brilhavam e irradiavam uma luz especial pelas palavras que transmitia.

– Paulo nos pediu para adotarmos a linguagem do amor. A fala dele ainda soa como música que nunca mais esqueceremos:

*Ainda que eu fale as línguas dos homens e dos anjos, se não tiver amor, serei como o sino que ressoa ou como o prato que retine.* (1 Coríntios: 13,1).

O ambiente das catacumbas estava envolvido em profundas emoções. Algumas pessoas não conseguiam conter as lágrimas.

Lucia e Sofia, de mãos dadas, alegravam-se com o banquete espiritual do qual participavam.

Glauco não imaginava e nem os olhos humanos podiam contemplar as tocantes imagens na dimensão espiritual. Ao lado dele estava Elano, que o envolvia em suaves vibrações. Junto a Elano, o pai de Glauco, Antoninus, que contemplava o filho de olhar emocionado.

O jovem pregador do Evangelho ainda falou por mais alguns minutos e devolveu a palavra a Eustáquio.

A reunião foi encerrada com prece de gratidão a Jesus pela bênção do Evangelho, que consolava todos os corações.

– Irmão Petrônio, é de se estranhar a ausência de Dimas, não acha?

– Eustáquio, Dimas me informou que está enfrentando algumas dificuldades no campo das finanças, mas creio que em breve retomará sua tarefa colaborativa na divulgação do Messias.

– Oremos, então, pedindo auxílio a Jesus para que o nosso Dimas se recomponha.

– Sim – concordou Petrônio –, oremos por Dimas.

Lucia se aproximou de Glauco arrastando Sofia consigo.

– Glauco, essa é Sofia, uma pessoa especial que faz parte da minha família.

Sofia ruborizou-se e falou envergonhada:

– Sou apenas uma servidora da casa do Senador Aulus, e que a generosidade de Lucia e da sua mãe Claudia insistem em me tratar feito membro da família.

– Somos todos da mesma família, a do Cristo – Glauco afirmou com alegria espontânea.

Sofia percebeu os olhares que o casal trocava, de maneira apaixonada.

– Não desejo me portar de maneira inconveniente, mas precisamos ir, pois me preocupo com o Senador.

– Entendo perfeitamente seu zelo, Sofia – e olhando com carinho para Lucia, Glauco concluiu. – É melhor partir a fim de evitar que novas represálias aconteçam.

Mais uma vez ele segurou com afeto as mãos de Lucia e, então, se despediram.

# Novas provas

A manhã seguinte nasceu plena de expectativas e sonhos.

Petrônio, em conversação com Eustáquio, trouxe a informação de que o filho espiritual de Paulo, Timóteo, se encontrava em Jerusalém, onde atendia aos serviços e recomendações do Apóstolo, feitas pouco antes da morte do dedicado servidor de Jesus.

Glauco alegrou-se com a possibilidade de conhecer Jerusalém, ao mesmo tempo em que cumpriria a missão de entregar a última carta de Paulo a Timóteo. Diante dessa realidade, os portadores da significativa mensagem iriam se preparar adequadamente para a longa viagem.

Eustáquio evitava comentar, mas temia pela segurança de seus jovens amigos. Se quaisquer comentários acerca da presença dos jovens em sua casa começassem a ser ouvidos em Roma, em breve tempo os oficiais do Império bateriam à sua porta. Era preciso tomar as providências o mais rápido possível para que eles pudessem partir em segurança.

A prioridade, naquele momento, era a viagem.

– Em quanto tempo tudo ficará pronto para a partida, Glauco?

– Com todas as providências tomadas, imagino que em quinze dias estejamos a caminho, Eustáquio. O mais complicado nessa missão é embarcar, pois precisamos de uma nau que nos leve para o destino sonhado.

– Também penso assim, o mais difícil é conseguir alguém que possa nos embarcar para Cesareia Marítima – Drusus falou preocupado.

– É verdade! – confirmou Eustáquio.

– E como isso se dará? – Ana indagou, tomada de preocupações.

– Vou conversar com algumas pessoas, quem sabe, possamos encontrar alguém que nos auxilie – Eustáquio considerou. – Sempre partem embarcações tendo por destino a Cesareia Marítima. Pelos informes que disponho, das viagens missionárias de Paulo, de Cesareia Marítima para Jerusalém se pode levar, dependendo da disposição diária de se caminhar, até 5 dias.

– Acredito que conseguir uma embarcação é a mais urgente providência a se tomar.

– Me deixe pensar um pouco, Drusus, e tentar em nosso círculo de amigos algum benfeitor para essa ação.

– Está certo, Eustáquio, pensa à vontade, mas espero que realmente alguém nos ajude, caso contrário, tudo ficará mais difícil.

– Jesus irá nos abençoar nessa jornada. Tenhamos fé! – Glauco falou com alegria na voz.

– Irei com ele, mas para protegê-lo na entrega desse pergaminho. A viagem é cheia de perigos e muitos são os riscos. Sei que Glauco, se precisar, não terá coragem de empunhar uma espada, isso cabe a mim.

– Agradeço, Drusus, tua ajuda e proteção, vou precisar, mas Jesus será nossa maior proteção, e a espada será posta de lado. Mas, não tenho como fazer uma viagem como essa, sozinho.

– Parece que os dois agora são irmãos de verdade – Ana falou com ternura no sorriso.

– Não sou cristão! – o ex-gladiador falou com veemência na voz.

– Nós sabemos, Drusus – Eustáquio considerou. – Mas todo aquele que age como estás agindo em relação ao seu semelhante, é cristão, mesmo que não admita. Porque, ser cristão não é ostentar a divisa de Jesus nos lábios, mas externar o bem pelas atitudes nascidas do coração.

– Mas, eu matei muita gente. Tirei a vida de muitos.

Ao fazer essa afirmação, Drusus demonstrou amargura na voz.

– Talvez, Drusus, Deus esteja te dando agora a oportunidade de salvar a vida de centenas de pessoas. Acredito que o conteúdo dessa carta, que teu esforço fará chegar ao nosso Timóteo, deverá iluminar corações pelos séculos afora – Eustáquio falou de maneira comovida.

O ex-gladiador ouviu aquelas palavras e se afastou em silêncio.

– Ele me surpreende a cada dia.

– A mim também, Glauco. Drusus é uma pessoa especial, e tenho certeza que Jesus reserva para ele alguma tarefa.

– Na verdade, Eustáquio, Drusus já está a serviço de Jesus, mesmo não tendo percebido essa nova realidade.

– Tens razão, Glauco, ele já serve à causa da divulgação do Evangelho de nosso Senhor, apenas não se deu conta disso ainda – Ana comentou entusiasmada.

– Quantos no mundo, agindo com respeito ao próximo, não estão servindo à causa do Cristo?

– São cristãos, sem dúvida alguma, Eustáquio!

***

Na luxuosa residência do Senador Aulus, em seu escritório:

– Senador, já temos a certeza de que vossa filha Lucia está envolvida com um grupo de cristãos. São alguns jovens, iguais a ela, que se reúnem na casa de Eustáquio e Ana, dois seguidores do profeta crucificado.

Os olhos de Vibia tinham o brilho da cobiça, ao se reportar à grande informação que passava ao Senador.

Ela sabia que embolsaria muitos sestércios com aquela revelação.

O Senador ficou petrificado por alguns instantes, até que num misto de revolta e decepção, afirmou:

– Sempre guardei a certeza de que essa menina me daria trabalho, mas juro por Mercúrio que ela irá aprender a me respeitar. Não bastasse a vergonha que a mãe dela já impôs à minha vida...

– Vergonha, Senador?

Dando-se conta de que tinha falado demais, o representante do Imperador procurou desfazer a impressão.

– Sim, a vergonha de participar das reuniões sociais da corte sem a presença de Claudia ao meu lado.

Vibia não compreendeu muito bem o porquê daquelas palavras, mas não valorizou aquilo.

– E quando acontecem as reuniões?

– Normalmente, eles se reúnem às quartas-feiras à tarde.

– Cedo ou tarde eles serão descobertos e isso é preocupante. Pedirei ao centurião incumbido dessas missões que cuide disso, mas que evite a quarta-feira à tarde para que ela não seja pega com os outros cristãos. Agora pode sair, Vibia!

– Senador Aulus, preciso do vosso reconhecimento e gratidão, não é por mim que sirvo a essa casa de todo coração, mas pelo nosso informante que necessita ser recompensado.

Os olhos vorazes de Vibia pousaram na bolsa que o Senador Aulus retirou de sob a túnica.

– Não posso dizer que ele não mereça seu pagamento, já que o trabalho foi feito com resultados significativos. Tome....

Entregue a ele, mas não esqueças de dizer que tudo deve ser esquecido, não quero nenhum comentário sobre o assunto.

Vibia fez rápida reverência, curvando-se à frente do Senador e se retirou feliz com o peso da bolsa farta de sestércios.

***

No átrio da luxuosa residência do Senador...

– Desejo ir contigo à pregação de hoje, Sofia.

– Tendes certeza, senhora Claudia?

– Sim, Sofia. Meu coração vem encontrando força cada vez maior nas lições que teu carinho fraternal me revela sobre o Profeta Galileu. Desde a primeira vez em que falaste do amor que Ele semeou entre os homens, venho sentindo minha alma fortalecida. Experimento verdadeira esperança. Meus dias tornaram-se mais leves, minhas noites sem pesadelos. Minha vida nunca mais foi a mesma. Me recordo com profunda emoção da narrativa que me fizeste sobre a mulher adúltera quando os fariseus desejavam apedrejá-la.

Sofia ouvia as palavras de Claudia, que naquela fala expunha a própria alma e todos os sentimentos represados em seu coração. A esposa do Senador tinha os olhos marejados e as lágrimas abundantes escorriam por sua face.

A fala embargada foi se soltando e a voz se acalmando.

– Desde que cheguei nesta casa para vos servir nunca entendi muito bem essa situação, de vos ver feito cativa em seu próprio quarto.

– Acho que, pela primeira vez, revelarei os fatos que me fizeram cativa. As lições de Jesus, narradas por tua emoção ao longo desse tempo, mais a felicidade da Lucia, que tudo me conta sobre o que aprende do Evangelho, me encorajaram a abrir a minha alma. Desejo me libertar, abandonar o cativeiro que me impus alimentando culpas sustentadas pelo medo de prejudicar minha filha.

– Ah, senhora... Jesus é a luz do mundo. Sua mensagem ilumina nossas sombras trazendo libertação e consolo. Ao contato com seu Evangelho somos tocados por seu amor. Nunca se viu nada igual, pois Ele nos trata feito irmãos pequeninos na consciência das coisas de Deus. Toda sua trajetória se revela enobrecida pelas lições imorredouras que ofertou à humanidade. O Mestre não trouxe a dor, embora a tenha experimentado através das nossas ingratidões. Jesus é o único caminho para o homem que está no mundo. Ao lado Dele nossos passos ficam mais leves, nossos pés não sangram mais. Ele veio para nos dar vida.

# A HISTÓRIA DE CLAUDIA

Um breve silêncio envolveu aqueles corações.

Até que Claudia, de olhos brilhantes, começou a narrativa sobre suas lutas.

– Sofia, desde que me casei com Aulus fui arrastada para a vida dissoluta do patriciado, que vive às custas do poder imperial. Aulus sempre foi ganancioso e fez de tudo para chegar à condição de senador romano. Ele sabia que a influência política era determinante para alcançar seus objetivos. Desta forma, participávamos de todos os eventos em que se poderia auferir alguma ajuda para os projetos de Aulus. Nunca gostei daquele ambiente onde as pessoas barganhavam de tudo para chegar ao poder. Muita gente se permitia relacionamentos promíscuos sempre visando a algum interesse particular. De tempos em tempos, acontecia uma grande festa onde alguns membros do patriciado extravasavam toda libertinagem e luxúria. – Claudia interrompeu a narrativa para secar algumas lágrimas que lhe brotavam do coração e da alma; esforçou-se por dominar a emoção, se recompôs e prosseguiu: – E foi em uma dessas festas pervertidas em que fui levada por Aulus onde tudo começou. Nero chegaria ao poder dois anos depois dessa triste noite, mas ele já demonstrava por seu comportamento libertino o que aconteceria a partir do ano de 54, quando ele assumiu o Império romano.

– Nos bastidores do poder, todos já sabiam que Nero seria o Imperador, e por conta dessa condição futura, seus bajuladores, entre eles Aulus, faziam vistas grossas a toda falta de pudor e liberdade tomada por ele. Naquela noite, fui apresentada a Nero, que me cercou de gentilezas. Na minha cabeça, o futuro Imperador romano era o espelho da educação e da delicadeza. De forma alguma imaginava que aquelas atitudes seriam prenúncio de um gesto indelicado.

Novamente, Claudia enxugou as lágrimas que as dolorosas lembranças lhe arrebatavam da alma.

– Mulheres e homens bebiam exageradamente, e Nero insistia para que o vinho fizesse parte da nossa conversa.

– E o Senador Aulus, não participava? – Sofia interrompeu.

– Estranhamente ele se afastou, o que me causou grande desconforto. Procurei-o com olhares e quanto pude requisitei sua presença, mas tudo em vão. Aulus se aproximou quando percebeu que minha postura era de recusa às ofertas de Nero, para que me entregasse ao deleite com o vinho. Falando ao meu ouvido afirmou com rudeza na voz: – Minha carreira não pode estar em risco por causa da tua recusa em tomar uma taça de vinho com o Imperador. Bebe com ele! – Foi o que Aulus me pediu com tom autoritário nas palavras.

– Nunca cultivei o hábito da bebida, e aceitando a primeira taça ruborizei-me totalmente. Percebendo a situação, Nero me convidou a experimentar o frescor do grande jardim ao lado da grande sala onde se dava o evento. Então, olhei para Aulus, que sorriu me fazendo um sinal para que atendesse ao pedido de Nero. Minha taça não ficava vazia, a pedido do Imperador. Minhas forças diminuíam a cada minuto que passava. Perdi a lucidez. Recordo apenas que em minutos me encontrava deitada com Nero beijando meu rosto. Despertei já em casa e daquela noite infeliz restaram as mais tristes lembranças. Envergonhei--me de tudo aquilo e nunca mais aceitei acompanhar Aulus, que em breve tempo foi alçado à condição de Senador romano, assim que Nero tornou-se o Imperador no ano de 54. Coincidentemente, nove meses depois Lucia nasceu.

Claudia interrompeu sua fala e chorou convulsivamente.

– Procurai acalmar, senhora Claudia, tudo que nos acontece na vida tem um propósito divino. Jesus nos ensina que devemos dar graças a Deus pelas provas que enfrentamos nesse mundo. Acalmai-vos!

Claudia se recompôs e prosseguiu:

– Aulus tem convivido com a dúvida de ser ou não ser o pai da Lucia. Durante muito tempo, me senti culpada e me recusava a sair do quarto. Ele alimentou a minha culpa algumas vezes, dizendo que se eu desejasse, Nero não teria conseguido o seu intento. Fui fraca aceitando tudo isso, mas pensava no bem-estar de Lucia, a parte boa que recebi de Deus nesses anos de tortura. Não ousava, se quer, levantar o olhar para contemplar Aulus, por medo de ser responsabilizada pela vergonha que ele passou. Hoje entendo que Aulus me expôs a essa situação e aceitou impassível que tudo acontecesse por ganância e ambição à condição de senador do Império.

– O Senador afirma que a senhora é portadora de problemas mentais, pois fala com os mortos.

– Não falo com os mortos, Sofia, apenas sonho com eles. E confesso, que se não fossem esses sonhos já teria enlouquecido. Nas muitas noites de solidão, quando a culpa me feria a alma, foram esses sonhos, com parentes já mortos, que me aliviavam a dor. Muitas vezes sonhei com papai, que voltava desse mundo, onde suponho vivam a alma dos que habitaram a Terra para me pedir paciência e força. De outras vezes, quem me visitava nos sonhos era vovô, que sorrindo me dizia que o amor veio à Terra nascido em uma manjedoura.

– Teria ele se referido a Jesus de Nazaré?

– Consegui compreender essa realidade aos poucos, quando chegaram aos meus ouvidos os feitos desse homem inesquecível. Aulus sempre supersticioso e com medo das coisas que não compreendia, começou a dizer que eu experimentava surtos de loucura, pois falava com os mortos. Posso te garantir, que foram esses mortos que me trouxeram alento e força para estar aqui hoje. Em algumas situações pensei em pôr fim à minha existência, pois acreditei na loucura incitada por Aulus. Com as notícias de Jesus e do seu reino, o processo do meu despertar começou. E tem sido assim, de notícia em notícia, Jesus vem visitando meu coração. Ele está acolhido pelo sentimento de Lucia e também pelo teu coração. Como posso duvidar desse profeta que veio tirar o pecado do mundo? Os deuses romanos respondem apenas às coisas do mundo, mas Jesus atende às angústias do nosso espírito. É esse profeta que desejo encontrar nas catacumbas essa noite!

Sofia foi tomada de grande emoção.

Por instantes, ficou contemplando o rosto pálido da esposa do Senador Aulus, mas que devagar começava a ganhar viço.

Imaginava os sofrimentos experimentados por ela ao longo daqueles dezesseis anos.

– O Senador nunca maltratou a Lucia? – a serviçal encorajou-se a perguntar.

– De maneira alguma, Aulus sempre a tratou muito bem. Entendo que a consciência dele deve lhe pedir contas das próprias ações. O único fato, que é o mais importante, mas que ele nunca percebeu, é que meu amor por ele permanece, mesmo tendo recebido por parte dele o descaso e o desrespeito. Nunca o trai.

– E o Imperador, nunca vos procurou?

– Diretamente não, me escusei de todos os convites endereçados à nossa família pelo patriciado e pelo Imperador. Minha vida tem sido neste quarto durante todo esse tempo, mas Jesus veio me socorrer. Após muito refletir sobre todas as coisas, decidi me converter de ouvinte da mensagem cristã a praticante do Evangelho em sociedade.

– A senhora tem ideia do escândalo que vossa escolha irá causar, principalmente na carreira do Senador?

– Sofia, não podemos ocultar a nossa fé na mensagem de Jesus. Quantos não se entregaram ao sacrifício de suas vidas para que a Boa Nova fosse divulgada?

– Suas palavras são verdadeiras, mas a mensagem de Jesus, embora console a muitos, sofrerá dura perseguição por muito tempo. Todos nós que participamos das pregações nas catacumbas sabemos o risco que corremos se formos pegos. O mundo ainda não compreendeu que o Evangelho é o legado da redenção da humanidade. Jesus é o atendimento de Deus às nossas súplicas. Ele realmente é o Messias prometido, anunciado pelos profetas.

– Nossa vida deve ter um objetivo nesse mundo e isso ficou claro ao meu coração. O sentido da vida de Jesus é ser o caminho da nossa vida. Sei muito bem o que é ter uma vida vazia de significado, quando carregamos remorso em nosso coração. Lucia me falou entre lágrimas sobre a crucificação de Jesus. Ela me dizia que Ele carregou a sua cruz, para nos dar o exemplo de que cada um de nós não pode se omitir com a própria cruz na vida. Foi isso que pensei quando me decidi assumir minhas lutas e dificuldades. Estou disposta a carregar minha cruz, custe o que custar.

Nesse instante, tomada de muita emoção, Claudia se aproximou de Sofia e a abraçou carinhosamente.

# Pregação juvenil

– Necessito que tudo seja feito com discrição, quero esses aliciadores cristãos presos o mais rápido possível – a conversa acontecia no senado romano.

– Perfeitamente, Senador Aulus, agiremos com discrição e terei o prazer de estar no comando da prisão dos seguidores do crucificado.

– Centurião Vinicius, aplique um castigo especial ao casal que corrompe a juventude patrícia para as bruxarias do falso profeta. Meus informantes trouxeram a notícia de que junto com o casal reside mais um jovem de estatura avantajada. Que ele também sofra as penas por afrontar as leis do Império.

– Penso em efetivar a prisão desses infratores de nossas leis amanhã pela manhã.

– Perfeito, Centurião! Peço apenas que me mantenha informado quanto ao êxito da ação.

– Sim, Senador! O manterei informado.

Eles se despediram na certeza de que o plano obteria o êxito possível.

O centurião ergueu o braço direito e fez a saudação característica de quem servia a César, saindo a seguir.

Aquele era um dia especial para o Senador Aulus, pois ele havia sido convocado para uma reunião com o Imperador.

A expectativa era pela possibilidade real da sua nomeação a governador da Acaia.

Finalmente, depois de tantos esforços e acordos políticos o objetivo seria alcançado.

Com a nomeação, os acordos deveriam ser cumpridos e todos os cargos de que dispunha o governador e que dependiam da sua nomeação deveriam ser negociados previamente.

Acomodado em seu gabinete, o Senador Aulus já imaginava todos os benefícios de que gozaria com a tão aguardada nomeação.

As indicações para o preenchimento dos postos sob seu comando lhe oportunizariam muitos ganhos e favores.

* * *

Naquela noite...

– A pregação de hoje estará a cargo do venerando Abel, e isso me faz entrever as emoções que experimentaremos.

– Tens toda razão, Eustáquio, já ouvi as palavras desse carismático pregador da boa nova – Glauco comentou feliz.

– Será uma noite de luz! Não queres ir, Drusus?

– Não Ana, não sou cristão. Ficarei aqui mesmo, à espera de todos.

– Podemos partir? – Eustáquio convidou a todos.

– Sim, estou pronto – Glauco afirmou com animação, e virando-se para Drusus informou: – Amigo, o pergaminho está guardado aqui atrás dessa caixa.

– Não precisas te preocupar, não fugirei com essa carta. Quem vai entregá-la a Timóteo é conhecido pelo nome de Glauco.

Drusus sorriu.

– Preciso te informar, porque até a minha volta esse tesouro estará sob a tua responsabilidade. E tenho certeza de que não existe ninguém melhor nesse mundo para guardar essa riqueza.

– Também tenho essa certeza! – Ana falou com convicção.

– Partamos! Que Jesus te guarde em sua missão, irmão Drusus!

As palavras de Eustáquio chamaram atenção de Glauco e Ana, além de soarem solenes aos ouvidos do ex-preferido de Nero.

Eles seguiram para as catacumbas, e Drusus sentou-se do lado de fora da casa e permaneceu ali contemplando as estrelas.

Nas catacumbas...

As pessoas chegavam aos poucos, e Petrônio as recebia desejando a todos a paz do Senhor.

O pregador da noite também já havia chegado, e o momento era de alegria e gratidão manifestada por todos.

Sofia, que não faltava a nenhuma reunião, chegava acompanhada de Claudia, Lucia e Quinta.

Assim que se deparou com a figura de Glauco, Lucia puxou a mãe para que ficasse com ela ao lado dele.

As saudações fraternais aconteciam, e Lucia demonstrava no olhar refulgente o amor que alimentava o seu coração.

Claudia olhou para a filha e percebeu os sonhos que acalentavam a alma de Lucia.

Todos se acomodaram conforme as possibilidades do lugar.

Já não era tão cedo assim.

Dimas chegou apressado e sem cumprimentar os irmãos de fé procurou um espaço entre as pessoas para ouvir a pregação.

Petrônio, ladeado por Eustáquio e Abel, procurou a melhor localização na catacumba, de modo que todos pudessem acompanhar a pregação da noite.

De posse de um velho pergaminho, Petrônio iniciou a reunião:

– Irmãos em Cristo Jesus, que a paz do nosso Mestre abençoe a todos. Todos sabem perfeitamente que a perseguição aos seguidores da Boa Nova cresce a cada dia. Somos, agora, responsáveis por todos os crimes que ocorrem no Império. Os cristãos são convocados aos mais árduos testemunhos pela sociedade romana. Nosso crime? Pregar a palavra do Salvador. Não aguardemos outra recompensa, ela não virá dos poderes temporais de que os homens que governam o mundo se encontram investidos. Nossa recompensa não é desse mundo, nossas alegrias são as espirituais.

A pequena assembleia estava embevecida com as palavras de Petrônio, e ele continuou:

– Em visita a Roma, o irmão Abel recebeu nosso convite para falar sobre a Boa Nova e é o responsável pelo estudo do Evangelho na noite de hoje. Passamos a palavra ao nosso irmão para que Jesus possa falar por ele aos nossos corações.

– A paz seja convosco, meus irmãos. Venho repartir o alimento espiritual que Jesus nos legou através do seu Evangelho. Em nossa trajetória existencial nesse mundo, nosso corpo necessita do alimento material que lhe garanta a subsistência. É o templo em que o espírito habita que precisa estar são e cuidado. No entanto, o interior do templo, que é o coração do homem, precisa estar pacificado e cuidado espiritualmente. Foi para isso que o filho do homem veio, para nos dar da sua fartura espiritual. Jesus veio nos alimentar com abundância de amor. De nada vale ao templo espiritual apenas os cuidados com a estética, antes é preciso que o coração esteja iluminado pela ética cristã, aquela que nos ensina que o que fizermos aos outros a nós mesmos estaremos fazendo. Jesus nos pede para cuidar do templo, por dentro, para depois o bem se espraiar por nossas ações. O Messias nos ensinou que a nossa luz deve brilhar, e a candeia da alma é o amor e a caridade.

A assembleia estava emocionada com a inspiração de Abel.

De posse do pergaminho ele consultou as anotações e falou com mansidão na voz:

*Falou-lhes, pois, Jesus outra vez, dizendo: Eu sou a luz do mundo; quem me segue não andará em trevas, mas terá a luz da vida.* (João: 8,12).

– Nesta noite, o Cristo nos anuncia a nossa condição de libertados pelo seu amor. Se o seguirmos, jamais andaremos em trevas.

Abel interrompeu sua fala e perpassou o olhar por todos os presentes. E, notando a presença de alguns jovens na pregação, ele falou:

– Estive com Timóteo em Éfeso, quando ele recebeu no ano de 58 a primeira carta enviada por Paulo. E ao contemplar os rostos juvenis nessa nossa pregação recordei-me de um trecho da referida carta, pois fala ao coração de todos os jovens, diz assim:

*Eis aqui uma recomendação que te dou, meu filho Timóteo, de acordo com aquelas profecias que foram feitas a teu respeito: amparado nelas, sustenta o bom combate, com fidelidade e boa consciência, que alguns desprezaram e naufragaram na fé.* (1 Timóteo: 1).

– As profecias acerca dos jovens falam da estrada a ser percorrida, com amor, fé e disciplina, pois muitos jovens se perdem no caminho quando atendem aos chamados da ilusão. Sustentar o bom combate e permanecer na fé, longe dos apelos que desvirtuam os corações promissores, e podem contribuir para a melhoria do mundo os que caminham com Jesus, nosso Senhor. Todo jovem renovado pelo Evangelho é nova esperança para as mudanças que o Evangelho propõe.

Glauco olhou para Lucia e ambos sentiram grande alegria no coração pelas palavras do irmão Abel.

# Dramas e lágrimas

O momento era especial para todos os corações presentes.

Claudia, emocionada, segurava a mão da filha plenamente convicta de que não se enganara a respeito do bem e do amor que Jesus fazia nascer no coração dos seus seguidores.

Pensava em Aulus e imaginava que se não fossem as ilusões do poder, o quanto Jesus ofertaria ao coração do esposo, em riquezas espirituais.

Mas era preciso que acontecesse o despertar, do mesmo modo que se deu com ela, que na verdade despertara pela dor e pelas lágrimas.

Pressentia em Jesus o grande libertador das almas sofredoras e experimentava emoção jamais sentida.

Ele era o Messias de quem tanto os judeus falavam.

Claudia fechou os olhos e se rejubilou em sincera prece.

Irmão Abel ainda falou por mais algum tempo exaltando a importância da fé em Jesus e no seu Evangelho. E tomado de emoção enalteceu uma das Bem-aventuranças ensinadas por Jesus no monte.

– Meus irmãos em Cristo Jesus, nós temos sido vítimas das perseguições constantes e não podemos contar com a justiça dos homens. Mas, Jesus nos legou o código divino das

Bem-aventuranças, e uma de suas citações merece nos dias atuais a nossa profunda reflexão. Disse-nos Jesus:

*Bem-aventurados sois vós, quando vos injuriarem e perseguirem e, mentindo, disserem todo o mal contra vós por minha causa.* (Mateus: 5,11).

– Somos bem-aventurados, por crermos na mensagem do Evangelho. E diante das injustiças do mundo estamos prontos a testemunhar a presença de Jesus em nossas vidas.

Nesse instante uma voz se ergueu:

– Seguidores de Jesus... – A voz era de uma mulher de roupas rotas e aparência sofrida, que interrompeu a pregação. – Tenho ouvido falar muitas coisas a respeito desse profeta carpinteiro. Me encontro vencida pelas dores, pois sou mãe e faço pequenos serviços para a manutenção da minha casa. Já apelei para os deuses, porque uma mãe em sofrimento não se constrange a apelar a qualquer força que possa lhe auxiliar na restituição da saúde de um filho. E é em nome desse amor maternal, que julgo ser o maior amor do mundo, que venho vos rogar ajuda à minha filha. Todos acompanharam silenciosamente as sentidas palavras daquela mãe.

– Tenho uma filha de dezessete anos, que se encontra sentada ao lado da minha benfeitora, a irmã Lucília, como ela é chamada por todos aqui. Minha filha está enferma, faz alguns meses que emudeceu. Não quer mais viver e no seu silêncio parece trancada. Ouço sua voz apenas altas horas da noite, quando diz coisas que não consigo entender. Em alguns momentos, chora dormindo e se debate.

– Estou aqui hoje em situação de desespero. Sou uma mãe que tinha uma flor viçosa a enfeitar o jardim de sua existência, e de alguns meses até o dia de hoje essa flor continua murchando e se apagando para a vida. Minha filha é o bem mais precioso de uma vida de dificuldades que enfrento.

Ela se entregou às lágrimas de maneira convulsiva.

Os corações presentes se apiedaram daquela mãe.

Eustáquio se aproximou da jovem que se apresentava de olhar perdido a contemplar o nada.

Parecia estar em outro mundo, à parte daquela reunião.

O esposo de Ana estendeu a mão sobre a fronte da garota e falou com brandura na voz:

– Afasta-te da nossa irmã!

A maioria, desacostumada com a situação delicada, não entendia o que Eustáquio fazia.

Intuído por entidades espirituais responsáveis pela divulgação do Evangelho, ele agia com caridade e amor.

O semblante da jovem foi se transformando diante de todos.

A mãe olhava incrédula para o que via diante dos próprios olhos.

De repente, a surpresa aumentou, pois a jovem começou a falar com voz serena, em tom diferente ao da sua voz verdadeira, irradiando profunda mansidão:

– Irmãos em Cristo! O Divino Pastor não abandona suas ovelhas. Todos serão chamados ao testemunho por causa da ignorância dos homens acerca da Boa Nova, mas desejamos exaltar a coragem e a fé em cada coração. Jesus, nosso Mestre e Senhor, nos legou seu exemplo frente à crucificação. Seu calvário não foi em vão, pois nos aponta a direção que devemos tomar assumindo também a nossa cruz.

A mensagem que se prolongou por mais alguns minutos emocionou a todos, fazendo com que aquela noite se tornasse ainda mais especial.

Após mais algumas palavras consoladoras, e a garota voltava à normalidade, já com seus traços fisionômicos característicos.

A mãe dela, entre lágrimas, agradecia à recuperação da filha.

– Irmãos, observamos a intervenção das forças espirituais que agiram para a recuperação dessa jovem. Jesus nos assiste em nossas necessidades, saibamos agradecer as bênçãos do céu. As vozes do bem chegaram aos nossos ouvidos pelos lábios dela – Eustáquio esclareceu.

Uma prece foi proferida com sentida fé, e a reunião foi encerrada.

A comoção foi geral, pois aquele grupo vivenciara grande júbilo pelos fatos testemunhados.

Breve confraternização ocorreu entre os presentes.

Neste instante, uma voz ecoou fazendo com que todos se voltassem para ela.

– Em nome do Imperador Nero, por infringir as leis romanas, todos estão presos e serão conduzidos ao cárcere!

Vários soldados, demonstrando brutalidade, cercaram o grupo de cristãos.

– Não precisamos da vossa violência, pois não somos um grupo de malfeitores.

– Quem sois para desafiar os oficiais de César? Quais as tuas prerrogativas para inquirir um oficial romano?

– Minhas prerrogativas são outorgadas pelas palavras de paz que meu Mestre ensinou.

A coragem de Eustáquio em admoestar o centurião do Imperador Nero impressionou a todos.

O oficial gargalhou com ironia e falou, elevando o tom de voz:

– Cala-te, cristão baderneiro, ou pagarás aqui mesmo a conta dos teus feitiços em nome do crucificado.

Ana segurou no braço do esposo, suplicando-lhe silêncio naquele gesto.

O centurião Julius observava o grupo e teve sua atenção despertada pela estatura de Glauco.

– Quem é esse cristão com esse tamanho? De onde saíste? És de Roma?

Glauco sabia que o momento era grave e que ele poderia ser reconhecido.

Decidido a não fugir ao novo testemunho que se apresentava, ele respondeu com destemor:

– Sim, centurião, sou de Roma.

– E tens nome?

Lucia, de olhos transbordantes de lágrimas, suplicou em silêncio pela ajuda de Jesus.

Não acreditava que seus sonhos de amor terminariam naquela noite.

– Me chamo Glauco!

– Engraçado – desconfiou o oficial –, sua figura me recorda alguém que não me lembro quem é.

Eustáquio pressentiu o risco e a gravidade para a missão da entrega do pergaminho de Paulo e interveio:

– Somos seguidores de Jesus, nobre servidor do Império, nossa bandeira é o amor e a caridade. Apiedai-vos dos jovens e das mulheres, grande centurião, e permiti que todos possam regressar aos seus lares.

– Que ameaça esse grupo de cristãos pode oferecer ao poderoso Império romano? – Abel questionou.

– Parece que essa noite prendemos um grupo de fanáticos faladores. Silencia-te, cristão, ou minha espada calará tua voz!

# Teste de fé

O centurião Julius resolveu provocar os cristãos, dizendo:

– Desejo testemunhar a força da fé que alimenta os seguidores do feiticeiro de Nazaré.

Todos silenciaram ao ouvir as palavras do oficial do Império, e ele prosseguiu:

– Como representante do Imperador e das leis romanas nesse momento, gostaria de manifestar compaixão, antes de levar todos para a Prisão Marmetina. Ofereço a liberdade agora para quem renegar a fé em Jesus...

Todos se entreolharam.

Alguns hesitaram.

O centurião com ironia prolongou o silêncio.

Então, uma voz gritou, revelando nervosismo.

– Não acredito nesse profeta!

Todos se surpreenderam, porque justamente aquela mãe que trouxera a filha para a reunião junto com Lucília, foi quem disse não acreditar em Jesus.

A própria garota que fora beneficiada se surpreendeu com a postura da mãe.

– Mamãe, acabamos de ser beneficiadas pelos cristãos...

– E o que tem isso, filha? O que importa é que estais melhor. Não somos cristãs, nobre centurião. Viemos a esse lugar pela primeira vez.

– E o que buscavas aqui, mulher?

– Vim movida pelo desespero, como qualquer mãe faria por amor à filha enferma.

O oficial olhou para todos e disse:

– Mais alguém deseja abandonar essa crença de fanáticos?

Nova surpresa para Eustáquio e Petrônio, quando mais uma voz se fez ouvir.

– Aceito vossa compaixão, grande representante de Nero!

– Dimas – Eustáquio falou surpreso –, vais abjurar tua fé no Cristo?

– Na verdade, essa promessa de um reino em outro mundo nunca me convenceu, Centurião – ele falou se dirigindo a Julius –, acho que fui vítima dessa feitiçaria que envolve a todos aqui. Sua intervenção é a mão dos deuses para me despertar dessa loucura.

– Não consigo acreditar em tuas palavras, Dimas. Comungaste conosco das bênçãos do Evangelho e agora renegas Jesus com esse descaso?

– Despertei, Petrônio, ainda bem que meu estado de loucura foi passageiro.

Gargalhada estrepitosa foi ouvida por todos.

– Quanta loucura é vivida por essa gente tosca! – Julius afirmou de modo zombeteiro. – Esse homem está livre, junto com as duas mulheres. Deixem-nas sair livremente. Os outros seguem conosco para a prisão.

A pregação daquela noite chamava atenção em caráter especial pela presença de alguns jovens.

Esse fato não passou despercebido aos olhos do centurião.

***

Na casa do Senador...

O Senador Aulus chegou a casa acompanhado de Questor Marcus.

Os dois se acomodaram no átrio e o Senador tocou a sineta, pedindo a presença dos serviçais.

Foi necessário que ele insistisse para finalmente ser atendido por Vibia, que se aproximou fazendo a reverência característica.

– Onde está Sofia, Vibia?

– Senador, Sofia saiu em companhia da senhora Claudia, Lucia e Quinta.

– Saíram? – ele questionou perplexo.

– Sim, Senador, saíram...

– E foram para onde, a essa hora da noite?

– Spurius logo retornará com as informações que o senhor deseja saber.

Aulus entendeu o que Vibia queria dizer e silenciou.

– Sirva-nos um refresco, Vibia!

E voltando-se para o Questor:

– Já estais de posse de alguns informes sobre a administração da Acaia?

– Despachei dois auxiliares para o nosso futuro destino e acredito que logo teremos informações mais concretas. Não hesitarei em tomar nas mãos, de maneira rígida, porém zelosa, a administração da vossa governadoria.

Vibia serviu os refrescos conforme o pedido do Senador.

A conversa se desenvolveu em torno de temas administrativos e de ações do governador da Acaia.

Em dado momento o Questor indagou:

– Senador Aulus, perdoai-me abordar esse assunto, mas dada a sua delicadeza não posso esperar por mais tempo.

– Ora, nobre Marcus, que em breve serás de minha própria família, não te aborreças, aborda o assunto que te preocupa.

– Não farei mais rodeios, necessito definir a situação com Lucia, pois o tempo está passando.

– Tens toda razão! Não podemos postergar mais os trâmites para que o consórcio se dê com brevidade.

– Conto com o acerto das datas e tudo que o pai da noiva decidir. Aflijo-me e receio que possa ocorrer algo.

Aulus pensava na ação que seria desencadeada ao amanhecer pelos soldados e sentiu-se de certa forma aliviado.

Os cristãos seriam postos a ferros, pondo fim à sua angústia paternal.

– Senador... – Marcus o chamou trazendo-o de volta à realidade. – O Senhor está bem?

– Perdoa-me, Marcus, me transportei para o dia especial em que minha filha irá ser desposada por seu coração. Antecipei os fatos e me permiti sonhar com tamanha ventura.

Marcus sorriu, e o Senador prosseguiu.

– Pelos informes de Vibia ela saiu com a mãe, mas não deve demorar. Acostuma-te, meu caro Marcus, as mulheres são assim, quando se reúnem parece que habitam outro mundo, diferente do nosso. Aprende a ter paciência.

Ambos sorriram com as palavras do Senador.

Tornaram a se entreter com os temas mais ásperos das providências futuras, até que Marcus decidiu-se por partir, dado o adiantado da hora.

Assim que o Questor saiu, Vibia surgiu com semblante preocupado.

– Senador Aulus, perdoai-me, mas não sou portadora de boas notícias...

– Mas, o que se passa?

– Deixarei que o próprio Spurius relate as notícias.

– E onde ele está?

– Deixei-o na sala de refeições.

– Vamos até ele!

***

O grupo de cristãos foi conduzido pela soldadesca romana, tendo o centurião Julius à frente, montado em seu cavalo.

Chamou a atenção do centurião e de seus comandados um momento especial a caminho da prisão, quando aquele jovem que despertava curiosidade por seu tamanho começou a falar em voz alta:

*Senhor, tu me sondas e me conheces.*

*Sabes quando me sento e quando me levanto; de longe percebes os meus pensamentos.*

*Sabes muito bem quando trabalho e quando descanso; todos os meus caminhos te são bem conhecidos.*

*Antes mesmo que a palavra me chegue à língua, tu já a conheces inteiramente, Senhor.*

*Tu me cercas, por trás e pela frente, e pões a tua mão sobre mim.*

*Tal conhecimento é maravilhoso demais e está além do meu alcance, é tão elevado que não o posso atingir.*

*Para onde poderia eu escapar do teu Espírito? Para onde poderia fugir da tua presença?*

*Se eu subir aos céus, lá estás; se eu fizer a minha cama na sepultura, também lá estás.*

*Se eu subir com as asas da alvorada e morar na extremidade do mar, mesmo ali a tua mão direita me guiará e me susterá.*

*Mesmo que eu dissesse que as trevas me encobrirão, e que a luz se tornará noite ao meu redor, verei que nem as trevas são escuras para ti. A noite brilhará como o dia, pois para ti as trevas são luz.*

*Tu criaste o íntimo do meu ser e me teceste no ventre de minha mãe.*

*Eu te louvo porque me fizeste de modo especial e admirável. Tuas obras são maravilhosas! Disso tenho plena certeza.*

*Meus ossos não estavam escondidos de ti quando em secreto fui formado e entretecido como nas profundezas da terra.*

*Os teus olhos viram o meu embrião; todos os dias determinados para mim foram escritos no teu livro antes de qualquer deles existir.*

*Como são preciosos para mim os teus pensamentos, ó Deus! Como é grande a soma deles!*

*Se eu os contasse seriam mais do que os grãos de areia. Se terminasse de contá-los, eu ainda estaria contigo.*

– Cala tua boca, cristão insolente! – Julius, o centurião, gritou impaciente. – Três bastonadas na cara desse feiticeiro!

O soldado imediatamente golpeou o rosto de Glauco, que teve o rosto cortado pela agressão, e um filete de sangue lhe correu pelo canto da boca.

Destemida, Lucia correu para o lado dele e segurou em sua mão.

O salmo declamado por Glauco agiu com grande força espiritual a ponto de revitalizar todos os corações.

Quinta, Sofia e Claudia estavam juntas.

Eustáquio, que caminhava de mãos dadas com Ana, não conseguia controlar a emoção, e as lágrimas corriam copiosas por seu rosto.

Num murmúrio ele disse:

– Glauco fortaleceu nossa fé no amor de Deus, com o salmista Davi, recitando o Salmo 139.

A fé de Glauco e sua determinação contagiavam a todos.

Mesmo ferido no rosto ele caminhava à frente, consciente de que o testemunho derradeiro estava se aproximando.

Ele pensava no pergaminho, na última mensagem de Paulo, mas algo em seu coração lhe pedia para ter esperança, pois se lhe acontecesse algo, Drusus poderia levar a carta até Timóteo.

De repente, o centurião estugou o trote do cavalo e ergueu a mão, dizendo:

– Chegamos, nossos soldados irão dividi-los por calabouços.

– Tenhamos fé, meus irmãos, o Cristo está conosco!

As palavras do irmão Abel traziam mais coragem e determinação.

# Lutas e sofrimentos

– Sinto informar, Senador, – Spurius começou a falar, logo que viu Aulus adentrar a sala de refeições –, mas as notícias não são boas...

– Fala logo, homem, o que está acontecendo?

– Assim que a senhora Claudia saiu de casa, Vibia me pediu para segui-la. Atendi imediatamente à solicitação dela e de longe fui acompanhando as quatro mulheres. Chamou-me a atenção a maneira como estavam vestidas. As roupas muito simples, bem diferentes do que usam no dia a dia.

– Conta-me tudo, para que eu possa entender com clareza a situação...

– À medida que caminhávamos, mais me intrigava a direção que elas tomavam. Me dei conta que elas caminhavam para a Via Ápia. E como suspeitei, se dirigiram às catacumbas.

– Por Mercúrio! Claudia enlouqueceu de vez? Quer por minha carreira no Senado em risco?

– De longe fiquei observando tudo, e vi que muitas pessoas chegavam. Então, decidi ficar na espreita...

– E o que aconteceu, homem? Fala logo!

– Aconteceu o pior, depois de um tempo os soldados romanos chegaram e prenderam todos...

– Malditas, agora ficou provado que Claudia é uma mulher insana.

Os olhos de Aulus brilhavam encolerizados.

De punhos cerrados, ele batia sobre a mesa em crise de loucura.

– Tantos anos de dedicação ao Império para ver minha carreira ser jogada na lama. Tenho certeza que esse crucificado é portador de algum encantamento, pois deixa as pessoas sem raciocínio. Pura feitiçaria! Esses cristãos precisam ser banidos da nossa Roma.

– O Senador não quer saber o que foi feito delas?

Inconsolável, Aulus se esforçou por controlar a raiva e disse:

– Fala...

– Segui aquele cortejo de cristãos até a Prisão Marmetina onde todos foram encarcerados.

Aulus começou a andar de um lado para outro sem dizer nada.

Vibia, que até então estava em silêncio, indagou:

– Senador, o que ides fazer? Ireis deixá-las na prisão?

– Não sei, minha vontade é vê-las serem levadas para o circo e atiradas às feras.

A serviçal resolveu silenciar.

Aulus estava aturdido e não conseguia alinhar as ideias. Pensava numa maneira de evitar o escândalo, mas como?

Irritado, caminhou para os jardins, pois precisava pensar com calma em uma solução.

Talvez, devesse ir até prisão ainda naquela madrugada e subornando os guardas conseguiria libertar Claudia e Lucia.

Alguns pensamentos insistiam em se manifestar e neles o desejo crescente de se livrar de Claudia e de Lucia. Todavia, os interesses e convenções humanas falavam mais alto. Era preciso dar um jeito na situação, salvar sua carreira no Senado, e, futuramente ele daria um jeito nas duas. Afinal, ficara casado com Claudia todos aqueles anos para preservar sua carreira.

E após pensar durante parte da madrugada, decidiu ir à Prisão Marmetina.

Spurius e Vibia estavam no átrio à espera de alguma nova orientação.

– Spurius, quero que me acompanhes à Prisão Marmetina!

De imediato o companheiro de Vibia se pôs à disposição.

– Saberei recompensá-los pelos serviços prestados, mas agora preciso do silêncio de ambos, nada do que passamos aqui deve ser comentado com quem quer que seja, está claro?

– Sim, Senador Aulus!

Os olhos da gananciosa mulher brilhavam, pois tudo que sabia a respeito da situação do Senador era moeda de barganha para o futuro.

– Desejamos apenas servi-vos, Senador! – ela afirmou com convicção.

– Não se preocupem, sei reconhecer os que me ajudam. Assim que minha nomeação para a governança de Acaia se efetivar, os levarei comigo como meus servidores mais confiáveis.

Intimamente, Vibia se regozijava pensando no futuro.

– Agradecemos a confiança, Senador, estaremos sempre prontos a atender às vossas ordens.

– Conto com isso, Vibia. Partamos sem mais demora, Spurius, não posso ser visto entrando na prisão à luz do dia, isso poria meus planos abaixo. Vou buscar alguns sestércios para que possa comprar a liberdade de Claudia e Lucia, já volto.

Ele se dirigiu para seus aposentos, e Vibia o seguiu silenciosamente.

O Senador Aulus deixou a porta entreaberta, e do lado de fora Vibia observava que em um pequeno gabinete ele abria uma portinhola.

O interior do pequeno móvel estava abarrotado de sestércios e algumas joias.

Satisfeita com a visão, ela voltou novamente para o átrio.

Aulus retornou e com Spurius ele partiu para a Prisão Marmetina.

***

A madrugada ia alta, e Drusus do lado de fora da casa não conseguia compreender o porquê da demora dos seus amigos.

Assim que eles saíram para a pregação nas catacumbas ele adormeceu, despertando tarde da noite.

Levantou e procurou por Glauco, fez o mesmo com o casal.

Seu coração impacientava-se diante do temor de seus amigos terem sido levados pela guarda romana.

Incomodado pelas preocupações, surpreendia-se pelo sentimento de amizade que experimentava sinceramente em seu coração.

Pela primeira vez em sua vida dava importância verdadeira a outras pessoas.

Nunca se angustiara com quem quer que fosse.

Desenvolveu, como forma de defesa contra o sofrimento, o hábito de não se envolver com ninguém.

Experimentara com Eustáquio, Ana e Glauco a sensação de ter uma família por primeira vez.

Suas inquietações lhe faziam temer pelo fim desse relacionamento.

Em alguns momentos se contradizia intimamente, porque aquele poderia ser um bom momento para partir e cuidar da própria vida.

Por que ele deveria cumprir com o compromisso de levar aquele pergaminho para pessoas que não conhecia? Afinal, dizia para si mesmo, que não era cristão. Mas, logo se traía, pois nascia em sua alma sentimentos até então desconhecidos.

Muitas dúvidas assaltavam sua mente:

"Se eles estiverem presos, o que eu poderei fazer?"

Lembrou da pequena arca com o pergaminho, o que faria caso os amigos não voltassem mais?

Enovelado em tantos pensamentos, decidiu aguardar o amanhecer, para depois resolver todas as questões.

* * *

No mesmo calabouço fétido, Claudia, Lucia, Quinta, Sofia, Ana, Eustáquio e Glauco procuravam se empenhar na tentativa de suportar aquele momento de testemunho.

– Não nos entreguemos ao desespero, irmãos! Sinto em meu coração que Jesus nos ampara – Glauco falou com convicção na voz jovial.

A força dele revelava fortaleza espiritual, o que de certa forma trazia bom ânimo para os demais.

– Acho que meus sonhos de amor vão ficar pelo caminho – Lucia falou olhando para Glauco.

– Ora, minha filha, não desanimes, a situação ainda pode ser transformada.

– O que Jesus faria se estivesse em nosso lugar? – Eustáquio indagou.

– Confiaria no Pai e se entregaria à oração.

– É verdade, esposa.

– Então, façamos o mesmo nesse momento de testemunho – Glauco pediu.

– Como fizeste com o Salmo? – Quinta perguntou.

– Meu pai, embora romano, aprendeu com um judeu comerciante em Roma alguns Salmos de Davi. Papai sempre gostou de falar sobre as coisas de Deus, mesmo antes de se converter à mensagem cristã. Com isso, aprendi muito com ele, que declamava os Salmos e me pedia para aprender.

– Então, acho que vivemos um momento delicado e tua sensibilidade, Glauco, pode nos abençoar com mais uma mensagem do salmista.

O pedido vinha de Claudia, que tendo conhecido o escolhido de Lucia, apenas naquela noite, já tinha certeza de que sua filha não se encantara pelo jovem cristão por acaso.

Aquele rapaz era portador de dotes espirituais que emocionavam a todos.

Glauco olhou para a pequena janela quadrangular, por onde a luz do luar iluminava o interior do calabouço, e refletindo sobre a proteção de Deus, declamou emocionando a todos:

*O Senhor é o meu pastor; de nada terei falta.*

*Em verdes pastagens me faz repousar e me conduz a águas tranquilas; restaura-me o vigor. Guia-me nas veredas da justiça por amor do seu nome.*

*Mesmo quando eu andar por um vale de trevas e morte, não temerei perigo algum, pois tu estás comigo; a tua vara e o teu cajado me protegem.*

*Preparas um banquete para mim à vista dos meus inimigos. Tu me honras, ungindo a minha cabeça com óleo e fazendo transbordar o meu cálice.*

*Sei que a bondade e a fidelidade me acompanharão todos os dias da minha vida, e voltarei à casa do Senhor enquanto eu viver.* (Salmos: 23,1-6).

A emoção de todos franqueava o desaguar das lágrimas, nascidas na intimidade da alma de cada um.

O próprio Glauco rompeu o silêncio:

– Acredito no reino que Jesus nos tem preparado. A promessa do nosso Mestre é nosso maior tesouro. Nada pode impedir a concretização desse reino dos céus, que já pode ser sentido em nós. Quando vivemos em paz, na paz do Cristo, nosso coração se enche da paz de Deus, do reino de amor ofertado por nosso Senhor.

Novamente o silêncio, e todos se entregaram às suas cogitações íntimas.

# Mudanças

A porta do calabouço se abriu, e um soldado carregando luz bruxuleante entrou acompanhando o Senador.

– Aqui estão as mulheres conforme vossa descrição, Senador!

Abraçadas, Claudia, Lucia, Quinta e Sofia reconheceram Aulus ao lado do oficial romano.

Assim que ele as viu, falou autoritário:

– Vim buscar-vos! Vamos para casa!

Claudia quis puxar a filha pela mão, mas Lucia resistiu:

– Não posso voltar para casa e deixar todas essas pessoas presas aqui! Ficarei com eles!

– Estás louca, Lucia? Sou seu pai e estou mandando!

– Meu pai? Me entregas como mercadoria para o Questor Marcus por causa dos seus interesses políticos e me chama de filha!?

– Vim buscar as duas! Partamos agora!

– As duas? – Claudia indagou. – E Sofia com a filha?

– Sinto muito, mas elas terão que ficar, não consegui a liberação delas.

– Neste caso é que não vou mesmo! – Lucia afrontou o pai.

O impasse estava criado, até que Glauco falou:

– Se a liberdade acena é porque Jesus conta com seus préstimos fora daqui.

– Não posso aceitar partir sem tua companhia! – Lucia se revelou sentimentalmente para todos.

– Se todos ficarmos presos, quem seguirá falando de Jesus?

– Glauco tem razão! – Eustáquio afirmou.

– A decisão é tua, mas Jesus precisa de servidores no mundo.

O argumento profundamente verdadeiro de Glauco era irrefutável.

– Onde eu estiver, Lucia, estaremos juntos. Unidos pelos laços do amor verdadeiro, Jesus nos abençoará.

– Mas tenho que dizer adeus? Não consigo!

– Lucia – o jovem cristão falou emocionado –, para os que se amam em Cristo Jesus não existe adeus, apenas até breve.

Ana chorava silenciosamente diante do amadurecimento espiritual e da sabedoria de Glauco.

Ele aceitava e entendia o amor com uma visão espiritualizada.

– Bem, Senador Aulus, sairemos daqui se Sofia e Quinta nos acompanharem, caso contrário, ficarei com Lucia aqui mesmo – disse Claudia.

Irritado e contrafeito o Senador resmungou contrariado:

– Está bem... Está bem... Vamos embora daqui, antes que amanheça... Aguardo-as lá fora...

Ele sabia que haveriam despedidas e decidiu não testemunhar aquele quadro sentimentalista.

Foram momentos de lágrimas e dor.

Mas com votos de paz e trabalho cristão, todos prometeram servir à causa do Evangelho.

A pesada porta se fechou, e Lucia partiu sentindo em seu coração que deixava todos os sonhos de amor para trás.

Aliviado, o Senador as viu sair da prisão.

Todos voltaram ao lar, e os primeiros raios de sol do novo dia surgiam no horizonte.

Vibia e Spurius estavam no átrio adormecidos pela noite em claro.

Claudia entrou e assim que se deparou com a cena, disse:

– Despertem!

Vibia acordou assustada e junto a Spurius procurou se recompor.

O Senador Aulus se surpreendeu com Claudia, que afirmou:

– A partir de hoje assumirei o comando da casa. Não permanecerei trancada no quarto como fiz até ontem. Como esposa do Senador, assumo minhas prerrogativas e farei valer minhas vontades.

– A casa funcionava muito bem sob os cuidados de Sofia...

– Tuas palavras estão corretas, Senador, mas vão funcionar melhor a partir de agora, porque as determinações a serem seguidas são as minhas. A não ser que meu marido deseje o contrário? – ela falou em tom desafiador.

Estupefato, Aulus falou sem graça:

– Não... Não...

Vibia, de olhar enfurecido, não tirava os olhos de Sofia. Tudo dera errado. Imaginava que ainda naquele dia assumiria a governança da casa.

– Todos entenderam as minhas orientações?

– Sim, senhora! – Sofia respondeu, experimentando felicidade interior.

Jesus havia resgatado a dignidade daquela mulher que até poucas horas era prisioneira do passado.

Virando-se para Sofia, Claudia pediu:

– Cuida da organização das coisas de casa por hoje, Sofia!

– E quanto a mim, senhora? – Vibia indagou.

– Atenda às orientações de Sofia – e virando-se para a filha, disse: – Lucia, venha para o meu quarto, precisamos conversar.

Spurius, vendo o desenrolar da situação, se retirou antes das últimas palavras de Claudia.

Vibia mal conseguia disfarçar a sua raiva.

O Senador, perplexo ante a nova situação, afastou-se para o jardim, a fim de reorganizar os pensamentos.

Pelas cenas que acabara de presenciar já imaginava que o feiticeiro de Nazaré havia feito mais uma vítima de suas pregações.

Que segredo guardava aquele crucificado para envolver o coração de tanta gente?

O orgulhoso Senador Aulus se esforçava por compreender por que Jesus causava tamanha fascinação.

Desde que tivera as primeiras notícias a respeito do carpinteiro profeta, ele constatava que a mensagem do Evangelho se espalhava feito uma epidemia.

O Imperador fazia reiterados esforços para dizimar aquele grupo de fanáticos, mas eles se multiplicavam.

Qual seria o segredo?

Como a promessa de um reino em outro mundo conseguia iludir tanta gente.

Para o Senador, Mercúrio era deus o suficiente para atender a seus desejos e interesses, pois humildade, caridade e perdão eram ações que não combinavam com o poder. Um dirigente não poderia ser misericordioso, não poderia perdoar, porque correria o risco de se tornar frágil.

E a prática da caridade era utopia para quem era governado pelas coisas do mundo.

# Guerra interior

Amanhecia e Drusus ainda estava do lado de fora da casa.

A madrugada havia sido longa, e os pensamentos se confundiam na mente do ex-favorito de Nero.

Ele tinha certeza de que algo de muito grave havia acontecido, caso contrário eles já teriam retornado.

De olhos perdidos no horizonte, Drusus percebeu uma ligeira nuvem de poeira a se levantar. Imediatamente, correu para o interior da casa a fim de se esconder. Sem entender muito bem as próprias ações, pegou o pergaminho e o colocou sob a túnica. Escondeu-se, então, de maneira estratégica, que lhe permitia observar o movimento dos visitantes.

À medida que eles se aproximavam, ele conseguia divisar o símbolo da águia imperial a brilhar com os primeiros raios de sol da manhã no uniforme do centurião, que chegou ladeado por dois soldados.

De pronto, ele reconheceu o visitante inesperado, era o centurião Vinicius, conhecido por realizar serviços particulares para os senadores. Drusus o conhecia muito bem, pois era um dos centuriões que tinha as mãos sujas em serviços inconfessáveis.

A dúvida o assaltava.

Como deveria agir naquele momento?

Seria possível fugir sem que houvesse qualquer confronto?

Por segundos, a imagem de Glauco lhe tomou a mente. A frase do seu jovem benfeitor lhe voltou aos pensamentos:

"O pior confronto é o enfrentamento da própria consciência".

– Tens razão, Glauco! – concluiu. – A pior batalha é contra o remorso que ateia fogo em nossa própria alma.

Drusus foi jogado para fora dos seus pensamentos quando os oficiais desceram dos cavalos em frente da casa.

Ele ficou aguardando e torcendo para que o centurião se retirasse com seus soldados. Encostado na parede, ele aguardava.

As vozes se aproximaram da porta de entrada, e num gesto automático ele apertou com a mão direita o pergaminho que estava sob sua túnica. Foi a manifestação de um instinto de defesa natural, do zelo que ele sentia pelo tesouro que era aquela carta, como consideravam seus amigos cristãos.

– Parece que não tem ninguém em casa – advertiu um dos soldados.

– Apolônio, será que eles foram presos na incursão da noite passada? – o centurião questionou.

– Deveríamos ter verificado essa informação na prisão, antes de sairmos para cumprir esse serviço – comentou o outro soldado de nome Tércio.

– Mas já que estamos aqui, vamos entrar para fazer uma busca e averiguar se alguma coisa nos serve de prova. Entra na casa, Apolônio, e vê se encontra algo.

– Sim, Centurião!

Drusus sabia que seria descoberto, e não havia nenhuma arma com a qual pudesse se defender. Olhou ao redor na tentativa de encontrar algum móvel onde pudesse se esconder, mas nada viu. Ele respirou fundo e aguardou.

Ao ouvir os passos do soldado caminhando em sua direção, ele sabia que o momento seria inevitável. Drusus, então, sentou-se na cama, e o soldado, ao entrar o viu de costas. Nesse instante ele gritou:

– Centurião... Centurião...

Em seguida, o centurião Vinicius e o soldado Tércio desembainham as espadas e correram para o interior da casa.

– Por todos os deuses! Estamos diante de um demônio? – O centurião perguntou.

– Sou eu mesmo, Vinicius...

– Mas, como podes estar aqui em minha frente se foste executado?

– Estou vivo, Vinicius!

O soldado que encontrou Drusus no interior da casa não pronunciava uma única palavra.

– É melhor irmos para fora da casa – pediu o centurião. – Sai à nossa frente, Drusus, de mãos erguidas!

O ex-gladiador atendeu ao pedido do oficial romano.

Assim que Drusus cruzou-lhe a frente, o centurião encostou a espada na costela dele.

Eles saíram da casa.

Drusus estava de costas para os representantes do Império.

– Sinto muito que o nosso encontro seja tão breve, Drusus, mas não posso te deixar vivo. Levarei tua cabeça para o prefeito Tigelino.

– Mata-me de frente, pelo menos, ou não tens honra alguma e assassina as pessoas pelas costas?

Vinicius sentiu a provocação e redarguiu:

– Não serei eu quem dará fim à tua vida miserável. Apolônio se incumbirá dessa ação. Podes te virar, Drusus!

O soldado de espada em riste aguardou que Drusus se virasse, o que aconteceu lentamente.

Ele sabia que diante dele estava o maior gladiador que já vira lutar. Em frações de segundo, Apolônio se recordou das muitas vezes em que viu aquele gladiador esmagar seus adversários. Não havia tempo a perder, era melhor erguer a espada e desfechar o golpe mortal o mais rápido possível.

Drusus se virou de frente, mas Apolônio cometeu um erro fatal: se permitiu fixar os olhos do temível Drusus.

O olhar do ex-favorito de Nero o penetrou feito adaga pontiaguda.

Ele ergueu a espada e procurou usar de toda força para acertar a cabeça de Drusus, mas o experiente ex-gladiador se esquivou, e o golpe de Apolônio acertou o vazio, fazendo com que ele se desequilibrasse. Imediatamente, Drusus deu um giro e agarrou o soldado pelas costas torcendo-lhe o pescoço.

– Maldição! – o centurião gritou.

A espada de Apolônio caiu ao chão, e Drusus se atirou para pegá-la, ao mesmo tempo em que rolou pelo chão, a fim de ganhar distância e se pôr de pé.

E foi o que aconteceu.

Dessa vez Drusus estava armado, frente aos dois sobreviventes.

Vinicius sabia que ambos seriam derrotados pelo ex-gladiador das arenas de Nero, mas não via saída para a situação.

Tércio avançou, mas Drusus o derrubou com um só golpe.

Então, ficaram os dois, Drusus e Vinicius, frente a frente. Drusus fez malabarismos com a espada, girando-a no ar.

Vinicius procurou manter a concentração, mas se incomodou profundamente com a visão do jovem romano à sua frente manuseando a lâmina, de uma mão para a outra.

– Podemos fazer um acordo? – o centurião tentou argumentar.

– O que me propões?

– Deixa-me partir, que lhe dou a palavra que ninguém saberá que estais vivo.

– Como posso confiar em ti, Vinicius? Tu sabes que tua fama nos corredores do poder não é das mais confiáveis.

– Te dou a minha palavra!

– Mas, tu não tens palavra!

Dizendo isso, Drusus abaixou a espada.

Vinicius que já havia se aproximado durante a fala, traiçoeiramente, vendo que estava à distância reduzida, ergueu o braço para desferir golpe certeiro em seu oponente.

Conhecedor das táticas e experiente em combates daquele tipo, o jovem ex-gladiador deu um giro abaixando-se, e levantando sua espada feriu mortalmente o representante de Nero, que caiu agonizando ao chão.

Drusus, ao ver aqueles corpos caídos ao seu lado, passou mal. Aquele quadro com o sangue e as feridas expostas reviraram seu estômago, e ele se sentiu penalizado.

Amargurado, atirou longe a espada.

Aturdido, voltou para a casa onde lavou as mãos e enfiou a cabeça em uma bilha de água.

Cerrou os olhos com força. Seu desejo era nunca mais ver e promover cenas como aquelas.

Sentou-se um pouco e tentou raciocinar, a fim de decidir qual seria a melhor decisão a tomar. Precisava buscar notícias de seus amigos.

Levantou-se e se dirigiu até a porta, de onde contemplava os corpos caídos ao chão. E, observando os uniformes militares, decidiu se apropriar da roupa do soldado Tércio, que tinha o porte físico mais semelhante ao dele. Rapidamente, ele trocou a sua roupa pelo uniforme. Ajustou o elmo sobre a cabeça e verificou se não havia mais marcas de sangue, após limpar tudo cuidadosamente. E, depois de ajeitar o pergaminho sob a túnica, pegou um dos cavalos e partiu em direção à Prisão Marmetina.

# Jovens no circo

O sol da manhã já banhava as belezas imponentes de Roma. As construções históricas eram testemunhas dos escândalos e tramas planejados às escondidas por homens poderosos e egoístas.

Nas imediações da Prisão Marmetina o movimento das pessoas era intenso.

Era comum que soldados chegassem trazendo prisioneiros, em sua maioria, os adeptos da Boa Nova.

A notícia da prisão de muitos cristãos na noite anterior remetia a novos espetáculos no circo.

Os calabouços abarrotavam-se de homens, mulheres e jovens, e era preciso garantir mais espaços nos calabouços indignos, ao mesmo tempo em que se poderia garantir diversão ao Imperador e a seus apadrinhados.

Aquele soldado solitário aproximou-se da entrada da prisão e vagarosamente apeou e providenciou os primeiros cuidados para o cavalo que demonstrava cansaço. Outro militar caminhou em direção ao recém-chegado e o saudou com a ritualística tradicional romana, em saudação a César.

– Salve, valoroso servidor de César, com todo esse movimento teremos mais um espetáculo para o Imperador? – Drusus arriscou.

– Sim, já virou rotina. Acredito que só quando os cristãos forem dizimados é que isso irá acabar.

– Também penso como você. Epidemias devem ser combatidas com medicação dura.

O soldado sorriu e Drusus se afastou.

O uniforme romano lhe garantia fácil acesso às dependências da prisão. Ele foi passando pelas portas, pois conhecia tudo aquilo como ninguém. Inúmeras vezes estivera ali.

Sem a barba espessa e vestido feito servidor da águia imperial, só seria reconhecido se alguém se detivesse frente a ele e o examinasse detidamente.

Diante da facilidade que encontrava para transitar na prisão, decidiu ir aos calabouços. Passou por mais um soldado e o interpelou:

– Ave César! – o cumprimento foi retribuído e ele indagou:

– Servidor do Augusto, chego agora para cumprir meu turno de serviço e gostaria de saber, tivemos mais prisões essa noite?

– Os calabouços estão tomados de seguidores do profeta Nazareno. E os comentários que ouvi é que os soldados de César prenderam um fantasma.

– Um fantasma? Não compreendo!

– Sim, um cristão enorme, que segundo soube, foi executado junto com o Gladiador Drusus.

– Que me dizes?

– No dia de hoje é o prisioneiro mais visitado, porque todos querem ver para crer. Eu mesmo já fui até a cela e constatei a realidade. O gigante cristão não morreu! Se não estiver acreditando em mim, vai em frente e constata com teus próprios olhos. Ele está com um grupo de cristãos ali nos primeiros calabouços. Comenta-se agora se Drusus terá morrido também. Ninguém sabe responder. É cada uma que acontece!

Drusus ensaiou um sorriso e se afastou com aceno de mão. Caminhou por mais alguns metros e viu dois soldados diante de um calabouço.

Curiosos, eles riam e se afastavam, vindo na direção dele.

– Vais ver o fantasma também? Dizem que ele ressuscitou como o tal profeta Galileu! – um deles comentou, desfazendo-se em gargalhadas.

– Sim, não posso perder a oportunidade de ver alguém que retornou dos mortos.

No interior da cela, Eustáquio, Ana, Petrônio e Glauco se mantinham em silêncio.

Drusus olhou para o interior da cela pela pequena janela gradeada. Preocupado, olhou para um lado e para outro certificando-se que ninguém se aproximava.

Após verificar essa realidade, chamou baixinho:

– Glauco... Glauco...

– Me chamam pelo nome?

– Sim, parece que um soldado te chama junto à porta – Eustáquio falou.

Glauco caminhou até a porta e disse:

– Quem me chama?

Ao ver o rosto, que tantas vezes se desvelara em cuidados pela sua recuperação, Drusus se emocionou, mas evitou esmorecer.

– Sou eu, Glauco!

– Por Jesus, como vieste parar aqui e uniformizado como soldado de Nero.

Glauco colocou a mão por entre a grade estreita e o ex-gladiador apertou a ponta dos dedos do seu benfeitor num gesto de amizade e carinho.

– Não sei o que posso fazer para tirar-vos daqui!

– Não te preocupes, Drusus, estamos livres.

– Como livres? Perdeste o juízo?

– Nossa alma está liberta! Jesus já nos libertou da ignorância e do mal.

– Não acredito no que estou ouvindo!

– Um dia, irmão Drusus, o sol da verdade iluminará também o teu coração. Nesse dia, experimentarás a liberdade espiritual que o Evangelho proporciona. Se desejas nos ajudar, faze com que a última carta de Paulo chegue a seu destino.

– Ela está aqui comigo. Tive que sair da casa de Ana e Eustáquio, porque soldados romanos foram até lá para prender a todos.

– E como escapaste?

– Eles queriam me matar, depois que me reconheceram, tive que lutar com eles.

– Não precisas me contar o resto da história, porque já sei o que aconteceu com eles.

Breve silêncio aconteceu, até que Glauco falou com ternura na voz:

– Irmão Drusus, abaixa a espada e torna-te um Gladiador de Jesus a partir de agora. Usa a força da paz, o escudo do perdão e a espada da caridade. Não permaneças na arena do ódio, acorrentado ao orgulho e à violência.

Eustáquio e Ana ouviam o diálogo.

Novo silêncio.

– Nós aprendemos a te amar, Drusus! – Ana afirmou com a voz embargada.

O jovem romano ouviu aquelas palavras como se uma onda de afeto inundasse seu coração.

– Também sinto assim, irmão Drusus, somos a sua família. Uma família cristã, que tem em Jesus o irmão maior.

Ele reconheceu a voz de Eustáquio e foi tomado de mais emoção.

– Torna-te um gladiador sem armas, arma-te de amor e cumpre teu destino.

As palavras de Glauco traziam algo novo para o coração do ex-favorito de Nero. Ele já ouvira tantas vezes falar em perdão e nada havia tocado tanto sua alma quanto aquele momento.

Pessoas privadas de liberdade, na eminência da morte, pregavam para ele o amor e o perdão.

Passos foram ouvidos, e eles perceberam que a conversa deveria chegar ao fim.

– Vai em paz, irmão Drusus!

Ele se afastou da porta, mas as palavras de Glauco ficaram impressas em seu coração.

Três soldados aproximaram-se, saudando-o, mas apenas passaram por ele. Em seguida, abriram a porta de outro calabouço e de lá retiraram oito jovens que tinham a idade de quinze a dezoito anos. Por estarem presos há mais tempo, era chegado o momento de serem lançados às feras.

Resignados, eles foram conduzidos.

Naquela hora da manhã o número de pessoas não era tão grande para testemunhar a morte dos jovens cristãos.

Drusus se afastou e caminhou na mesma direção dos soldados e dos jovens. Estes tinham sido colocados em uma cela pequena que dava acesso à arena do circo. Ali aguardariam a hora extrema.

# Sacrifício juvenil

Drusus sentia-se invadir por sensações e sentimentos que nunca experimentara. Seu coração desabrochava de bem-querer por aquelas pessoas simples, que sabiam que caminhavam para a morte, mas acreditavam que ela fosse uma porta para outra vida.

– Quando se dará a execução desses jovens cristãos? – ele indagou a um dos soldados que fazia a guarda.

– As recomendações superiores é que ocorram execuções durante todo dia, já que os calabouços precisam ser esvaziados.

– Esses jovens, quem são?

– Filhos de cristãos que já morreram no circo. Foram pegos junto com seus pais nas catacumbas.

– E são muitos cristãos?

– Em que lugar tu vives, soldado? Estais fora de Roma? São muitos cristãos e várias catacumbas. Exterminamos um grupo aqui e surge outro ali.

Drusus decidiu não indagar mais nada, pois poderia se comprometer com tantas perquirições.

O soldado achou estranho aquela quantidade de perguntas, e chegou a confabular com outro sobre a curiosidade dele.

Drusus afastou-se e ouviu o toque das trombetas que anunciavam o início das atividades no circo.

Ele sempre foi indiferente àquela sinfonia que anunciava a morte, mas após tantas mudanças em sua vida e no seu coração, sensibilizou-se ao toque.

Caminhou para porta que dava acesso à arena e posicionou-se para observar o que aconteceria. Olhou para a tribuna e viu algumas autoridades de Roma, menos o Imperador.

Tigelino estava lá e era quem comandava o espetáculo.

O responsável pelo cerimonial fez as saudações de praxe e pediu para que se iniciassem as atividades.

Alguns soldados retiraram os jovens da cela pequena onde estavam e os escoltaram até o meio da arena.

A multidão que começava a aumentar já gritava:

– MORTE AOS CRISTÃOS, MORTE AOS CRISTÃOS...

Os jovens que tiveram as famílias dizimadas nos sacrifícios anteriores não encontravam razões para lutar. Todos haviam testemunhado a fé demonstrada por pais e mães quando foram presos nas catacumbas. Eles também tinham bebido na fonte redentora da Boa Nova junto com seus pais.

Para os que assistiam, algo estranho ocorria: Por que razão era impossível compreender como alguém tão jovem pudesse manter a serenidade em um momento como aquele?

Um dos jovens, que parecia ser o líder de todos, asseverou com determinação demonstrada na voz:

– Em honra de nossos pais e por amor a Jesus, não temamos a morte!

Nesse momento, eles se deram as mãos e formaram um círculo ficando todos de costas para a turba que gritava alucinada.

– Fechemos os nossos olhos e oremos a Deus a prece que Jesus ensinou a nossos pais e a nós.

Todos atenderam e a voz dele ecoou pelo circo.

*Pai nosso...*

As pessoas, surpresas, silenciaram.

Drusus sentia-se diferente, tinha vontade de intervir. Lembrou-se de Lucia e dos demais jovens que se reuniam para estudar o Evangelho com Ana, Eustáquio e Glauco.

Quando as feras foram soltas, ele decidiu se afastar. Não conseguiria ver aquelas cenas.

Os gritos dos jovens foram abafados pela algazarra da multidão ensandecida.

Novas cogitações surgiam na alma do jovem Drusus.

"Ouvi Eustáquio dizer que Timóteo era o mais jovem auxiliar de Paulo na divulgação da mensagem de Jesus. Essa carta que carrego, será que irá ajudar jovens como esses que estão sendo mortos? Eles disseram também que esse pergaminho seria importante para o futuro..."

Drusus sentia-se aturdido frente à avalanche de sentimentos e pensamentos que lhe invadiam o ser. Contudo, suas divagações foram interrompidas quando ele viu ali próximo a ele a figura de Dimas. Procurou certificar-se de que realmente era ele e teve certeza.

Surpreendeu-se quando um soldado romano se aproximou do amigo de Eustáquio e, confidenciando-lhe algo ao ouvido, fez com que Dimas o seguisse. Rapidamente, o ex-gladiador foi atrás da personagem com a qual não simpatizava e logo se deparou com a cena que o enfureceu: o centurião Volúmnio conversava animadamente com Dimas.

Disfarçadamente, ele procurou se aproximar de modo a ouvir o que eles diziam e estarreceu-se com as palavras do ex-cristão:

– Continuarei com o trabalho de informações. Seguirei me infiltrando nos grupos cristãos e trarei o nome dos líderes para que a justiça romana se faça.

A raiva dominou o coração do jovem ex-gladiador. Ele estava apenas a alguns metros do traidor e sentia vontade de lhe dar uma lição. Sem dúvida, fora Dimas quem denunciara os antigos companheiros de fé.

Drusus colocou a mão sobre a empunhadura da espada e sentiu um impulso de justiçar ali mesmo todos os seus amigos. Cogitava de se vingar em nome de todos. Mas, um pensamento lhe assomou a mente:

"Como posso vingá-los se eles me pedem para perdoar? Mas também, ninguém precisa ficar sabendo se eu der um fim em Dimas".

Novo e perturbador pensamento lhe aturdiu:

"O pior embate é o confronto com a própria consciência".

Ele recordou as graves palavras de Glauco, que não saiam de sua cabeça.

Perdão ou vingança?

Tempos atrás a prática do perdão nem seria aventada.

"Devo estar enlouquecendo! Para todos os lugares que olho vejo cristãos falando em nome de Jesus. Perdão, amor, caridade, reino em outro mundo..."

Drusus travava a grande batalha interior a todos os instantes. Havia um Drusus novo querendo nascer, e o velho Drusus resistindo às transformações.

Em sua mente os rostos de Eustáquio, Ana e Glauco lhe sorriam.

"Serão eles meus familiares? Por que não sigo em frente simplesmente? Por que não jogo fora esse pergaminho e parto para outra cidade a fim de cuidar da minha vida? Me sinto acorrentado pelo coração. Esses cristãos são perigosos, pois sem espada nos tornam reféns das suas ideias. Estou prisioneiro!" – eram as cogitações do ex-gladiador.

Novamente, ele olhou para Dimas e momentaneamente decidiu não fazer nada. Esperaria por oportunidade que favorecesse sua ação.

Naquele momento, deu-se conta de que a execução dos cristãos prosseguia. Temeu mais uma vez por seus amigos. Sentiu um aperto no coração, algo jamais experimentado.

Nunca tivera uma família. Não imaginava como funcionava uma família, mas Glauco, Ana e Eustáquio diziam ser seus familiares. Recordava a voz de Ana afirmando isso quando falava com Glauco e emocionou-se.

# Novos sacrifícios

As notícias que chegaram até a casa do Senador Aulus causaram comoção.

– Senhora Claudia – Sofia falou com tristeza –, os sacrifícios no circo recomeçaram. Temo pela vida dos nossos amigos ainda hoje.

– Precisamos ir até lá!

– Lucia está inconsolável no quarto, não para de chorar. Quinta lhe faz companhia, mas ela não tem condições de ajudar vossa filha, pois chora também desarvorada.

– Não podemos contar com ninguém – Claudia afirmou resoluta. – Por tudo que recebemos, principalmente eu, tenho o dever de me solidarizar com todos os cristãos.

Era outra mulher que estava diante de Sofia.

Determinada e sem temor algum das consequências, pediu para Sofia se aprontar, pois elas iriam ao circo.

– Não levaremos Lucia conosco, porque ela não suportaria tamanha emoção. Vou até o quarto conversar com ela.

Nesse instante, Quinta bateu à porta.

Autorizada, ela entrou falando.

– Lucia adormeceu...

– Adormeceu? – Claudia perguntou desconfiada.

– De verdade! Mas também, coitada, não fechou os olhos durante toda noite. O cansaço a venceu! Vou aproveitar para dormir um pouco, pois ela me pediu para ficar no quarto ao lado dela. Vim avisar-vos para que não vos preocupeis mais.

– Obrigada, Quinta! Tens sido uma verdadeira irmã para Lucia, não tenho como agradecer!

Quinta abaixou os olhos e se retirou.

– A informação de Quinta nos ajudou, Sofia. Não percamos tempo, partamos sem demora.

– Sim, senhora!

***

– Senador Aulus, me chamastes e vim o mais rápido que pude.

– Sim, Marcus. Gostaria que agilizássemos as providências para resolvermos todas as questões atinentes à nossa partida para Acaia.

– Já foi oficializada a vossa governança em Acaia?

– Será anunciada amanhã, durante o discurso do Imperador.

– Magnífico! Então, precisamos acertar tudo o mais breve possível.

– Tenho que ir ao circo, porque Nero estará lá em uma hora e todos os senadores estarão presentes.

– Eu poderia vos acompanhar?

– Claro, Marcus. Serão aqueles sacrifícios tediosos de cristãos. A meu ver são todos loucos. Povo ignorante e sem cultura. Onde alguém pode imaginar que se possa abdicar de Mercúrio ou de Júpiter, para se cultuar a figura misérrima de um carpinteiro que morreu na cruz?

– Parece que o povo tem grande necessidade de criar salvadores. Creio que a miséria dessa gente provoque alucinações.

– Também penso assim, mas já que devemos cumprir com nossas obrigações sociais perante Nero, que seja!

– Precisamos chegar antes do Imperador.

– Isso mesmo, Questor Marcus, o Imperador requer sempre toda atenção voltada para ele.

* * *

Na entrada da Prisão Marmetina, uma garota aproximou-se de um dos oficiais que transitava por ali e disse:

– Sou cristã e amo Jesus!

O representante do Imperador sorriu e falou:

– Menina, tu não sabes o que dizes!

Outro oficial que se aproximou naquele instante ouviu as palavras da garota e ironizou:

– Ela quer ir para o circo ser morta pelas feras?

– Não tenho medo de morrer! – Lucia afirmou, desassombrada.

– Sai daqui ou ainda perco a paciência!

– Quero que me prendam e me levem para o circo.

– É cada uma que acontece. Agora chega, safa-te daqui antes que me resolva a atender ao teu pedido!

Lucia se afastou e tomou de uma pedra caída ao chão. E, sem qualquer receio, ela mirou a cabeça do oficial e arremessou a pedra. O objeto acertou em cheio a testa do oficial, e um filete de sangue lhe escorreu entre os olhos.

Ele gritou, e dois soldados atendendo à indicação dele prenderam Lucia, trazendo-a para junto dele.

– Seu desejo será atendido, levem-na para junto do próximo grupo de cristãos que será sacrificado.

Lucia foi agredida por um dos soldados e em seguida foi levada para aguardar o sacrifício. A porta do calabouço se abriu e ela foi atirada para o interior do local em penumbra. Os prisioneiros ali dentro assustaram-se.

– É Lucia!? – Ana falou sem acreditar.

– Mas o que aconteceu? – Glauco, ajuda-a a se levantar.

– Mais isso não é possível, como vieste parar aqui, Lucia? – Eustáquio indagou.

Ela ficou de pé e se queixou de dor na cabeça, pois havia recebido duas bastonadas, a pedido do oficial.

Para surpresa de todos, ela narrou os fatos promovidos por ela.

– Mas enlouqueceste? – Glauco falou desarvorado.

– Tua mãe vai sofrer um golpe duro e difícil de superar – Ana advertiu.

– Jesus precisa de tua ajuda lá fora, Lucia! – Glauco falou colocando as mãos na cabeça.

– Quero morrer ao teu lado, Glauco. Quero ir para o reino de Jesus contigo, por que a tua morte significa o fim dos meus sonhos de ventura.

– Entendo e respeito teus sentimentos, pois também são meus, mas tiveste a oportunidade de seguir servindo a Jesus e preferiste a morte. Respeitando tua decisão, afirmo que é preciso avaliar onde a misericórdia de Deus nos situa para que sejamos úteis como Ele deseja e não como nós queremos.

Novamente o bom-senso de Glauco levou todos às mais preciosas reflexões.

– Mas já que estás aqui – ele procurou confortá-la – unamos os nossos corações nesse momento delicado de nossas vidas.

Após essas palavras, Glauco segurou na mão de Lucia e ela se sentiu mais confortável.

Todos se uniram em nova prece. A emoção tocou a alma de cada um.

Ouviu-se passos no corredor. Eram os soldados que se posicionavam. A porta do calabouço se abriu e um soldado entrou e anunciou:

– Por decisão do Imperador Nero e devido a ato grave de traição contra Roma, os cristãos estão condenados à morte.

Mas, mesmo diante da gravidade dos fatos, o Imperador deseja demonstrar sua magnanimidade para com aqueles que abandonarem a fé no Cristo. Quem quiser abjurar dessa fé será posto em liberdade agora. Alguém se pronuncia?

Nenhuma voz se ouviu pedindo clemência.

– Todos para fora! – ordenou o soldado.

Enfileirados, os prisioneiros saíram da cela. Ladeados pelos soldados, eles aguardavam a ordem de caminhar para o suplício.

***

O circo estava lotado.

Claudia com um lenço sobre a cabeça e com roupas discretas acomodara-se com Sofia para prestar solidariedade aos irmãos de fé.

Drusus, por sua vez, estava posicionado, como se estivesse fazendo parte do grupo de soldados encarregados de manter a ordem.

Nas tribunas, onde o Senador Aulus estava ao lado do Questor, as autoridades aguardavam a chegada de Nero.

Tudo estava pronto!

# O TESTEMUNHO CRISTÃO

Trombetas ecoaram anunciando a chegada do Imperador Nero.

Saudações efusivas aconteciam. E todos os apadrinhados pelo poder se rejubilavam com a entrada triunfal do soberano.

De túnica branca com detalhes dourados na roupa e com a coroa de louros dourados sobre a cabeça, o Imperador sorria satisfeito.

Os aplausos eram intensos, até que com certo enfado Nero ergueu a mão direita pedindo para que parassem os aplausos.

Seu gesto foi atendido.

Tigelino, que sempre sentava à sua direita, ouviu do Imperador:

– Alguma prática nova para os sacrifícios de hoje?

– Não, Magnânimo Augusto, os sacrifícios de sempre.

– Ando cansado dessa falta de novidades. Drusus, aquele traidor, ainda me trazia alegria, quando o via derrotar tantos com sua espada e agilidade.

– Perdoai-me, imperador, parece que temos um fato novo. Foi capturado nas catacumbas um jovem cristão que se parece muito com o oponente que jogou Drusus ao chão.

– Me parece interessante, continua...

– Os soldados estão se divertindo muito afirmando que é o mesmo homem que ressuscitou dos mortos, da mesma maneira que o profeta crucificado.

– E o que te parece isto, Tigelino?

– Loucura das pessoas, apenas isso. De qualquer forma, mandei chamar o centurião Volúmnio, que foi o responsável pela execução de Drusus e do cristão.

– Então, teremos algo pelo menos diferente nessa tarde! Comecem logo com isso!

Novamente as trombetas ecoaram, e a multidão vibrou.

Os soldados pediram para que os prisioneiros se movimentassem. Glauco e Lucia, de mãos dadas, foram os primeiros da fila.

Drusus que observava a cena sentiu o coração se apertar.

Claudia e Sofia não acreditavam no que seus olhos viam.

– Engraçado, aquela jovem ao lado do cristão parece vossa filha, não é Senador? – O questor Marcus falou confuso.

– Por Júpiter, o que é isso? É Lucia! – Aulus falou sem acreditar na própria visão.

Eustáquio e Ana vinham logo atrás também de mãos dadas.

Sentado junto às autoridades, o centurião Volúmnio afirmou:

– Estou sonhando! Ou é loucura? Polidoro, estás vendo a mesma coisa que eu? Tua espada não cortou o pescoço desse cristão?

Polidoro estava perplexo e não sabia o que dizer.

– Terá ele ressuscitado? – foi o que o carrasco de Drusus e de Glauco conseguiu falar.

– Mas que brincadeira é essa, Tigelino? Estarei sendo vítima de alucinações?

– Também não acredito no que vejo, soberano Nero!

– Parem! – Nero pôs-se de pé e ordenou: – Soldados, aproximai mais esse homem para que possa vê-lo melhor!

Lucia ficou de mãos dadas com Ana, enquanto os soldados aproximavam Glauco do Imperador.

– Quem és, homem, como te chama?

– Firminus Glauco, Senhor!

– Já estiveste nesse circo antes? – Nero questionou.

– Sim, Senhor...

Ouviu-se manifestações espantadas diante da resposta de Glauco.

– Os responsáveis pela execução desse rapaz estão presentes?

– Sim, Magnânimo!

Volúmnio e Polidoro se aproximaram.

– Identificas nesse homem a mesma pessoa que foi executada junto com o traidor Drusus?

– Sim, nobre Imperador, é ele mesmo, pois fui eu que o acertei com a espada! – Polidoro falou sem acreditar no que estava vendo.

– Então – Nero falou ironicamente –, estamos diante de mais um ressuscitado? Ou alguém pode me explicar o que aconteceu? – e virando-se para Glauco indagou: – Ressuscitaste como teu Mestre? Voltaste dos mortos como Jesus?

Glauco silenciou e pediu a Jesus inspiração para responder às questões do Imperador.

– Fala, cristão, ressuscitaste como o Cristo?

– Magnânimo Imperador de Roma, peço que vossa generosidade me permita esclarecer o ocorrido, visto que participei diretamente desses fatos – Eustáquio falou em voz alta.

Todas as pessoas guardavam silêncio para compreender o que se dava ali.

Nero voltou seus olhos para Eustáquio e ordenou:

– Aproxima-te, mas se não tiveres nada a esclarecer serás o primeiro a ser trespassado pela espada dos meus soldados.

– Imperador dos Romanos, quando tomamos conhecimento da morte de Paulo de Tarso, junto com outros cristãos, deliberamos providenciar enterro digno para os restos mortais do nosso companheiro de fé.

Nero lembrou-se da figura austera e serena de Paulo, quando o Apóstolo esteve em sua presença apresentando os próprios argumentos de defesa.

Não havia como esquecer as palavras envolventes de Paulo, que fizeram com que ele decidisse libertar provisoriamente o venerando divulgador da Boa Nova.

E Eustáquio prosseguiu:

– Dirigimo-nos para o local onde iríamos recolher o corpo de Paulo, mas assim que lá chegamos nos deparamos com o jovem Glauco que ainda respirava. Tomei a iniciativa de pedir aos outros companheiros que o levassem para minha casa, onde ele foi tratado vindo a se recuperar. Por isso, ele hoje está diante da vossa presença.

– E o outro, que foi executado com ele, Drusus, também estava vivo? – Nero perguntou com ansiedade.

– Não, Magnânimo Nero, Drusus já estava morto quando chegamos.

– Ele mente! – Ecoou uma voz no circo.

– Mas que tarde interessante temos aqui hoje! – Nero comentou ironicamente.

Drusus que assistia a tudo encolerizou-se, pois era Dimas que afirmava que Eustáquio mentia.

– Aproxima-te!

Dimas se aproximou, e mesmo se expondo como delator de cristãos, curvou-se diante de Nero.

– Representante dos deuses, esse homem mente. Drusus está vivo e eu o vi com meus próprios olhos.

– Dimas, como podes trair o Cristo? – Eustáquio advertiu.

– Mas, não me disseste nada sobre isso, Dimas! – O centurião Volúmnio questionou.

Dimas ruborizou-se com as palavras do centurião e tentou explicar, pois ele desejava, no momento oportuno, barganhar essa informação por uma boa soma de sestércios.

– Esclarece-nos! – Nero pediu impaciente.

– Presto serviço de identificação dos movimentos cristãos em Roma. Eu mesmo estive frente a frente com Drusus, que foi recolhido junto com Glauco na casa de Eustáquio e Ana, onde ambos foram tratados e tiveram a saúde restituída. Eu ia revelar a situação de Drusus em momento oportuno.

– E onde anda o traidor Drusus?

– Estava na casa referida, Nobre Imperador – Dimas falou com respeito.

– Percebo que tentavas omitir a verdade sobre Drusus – Volúmnio afirmou. – Desejavas esconder esse fato de Roma ou querias receber pagamento polpudo pela informação?

Nero observava tudo com os olhos brilhantes.

– Imperador – Volúmnio falou se dirigindo a Nero –, para nossa segurança, peço-vos que incluais Dimas entre os condenados, porque ele não é de confiança.

– Pedido aceito – disse o Imperador.

– Não, por favor, tenho uma folha de serviços prestados a Roma... – Dimas pediu.

– Tua folha de delações não mais nos interessa – o centurião disse com rispidez e se dirigindo a um soldado pediu: – Soldado, coloque-o junto aos outros para o sacrifício.

Dimas gritava revoltado, pedindo clemência.

Drusus não acreditava na cena e pensava:

“Parece que existe uma justiça invisível que eu desconheço”.

Nesse instante, um auxiliar direto de Tigelino aproximou-se dele e falou algo em seu ouvido.

Tigelino, depois de ouvir a mensagem, por sua vez, aproximou-se de Nero e também lhe disse algo ao ouvido.

Nero olhou na direção de Lucia e falou:

– Nos divertiremos muito essa tarde com a refeição dos nossos leões e leoas. Mas desejo demonstrar compaixão e libertarei agora, como prova dos meus sentimentos nobres, aquela jovem que entrou de mãos dadas com o jovem ressuscitado cristão.

Claudia que estava em prantos até aquele momento respirou aliviada.

Sofia também asserenou o coração.

Lucia, nesse instante, correu em direção a Glauco e o abraçou.

O Questor Marcus observava tudo aquilo sem acreditar, e o Senador Aulus teve certeza que seu sonho de governar Acaia tinha chegado ao fim.

Glauco sussurrou ao ouvido de Lucia:

– Jesus te convida a servir no mundo, aceita esse chamado e ama o mais que puderes, um dia, iremos nos encontrar.

Lucia foi retirada da arena em prantos, por dois soldados.

– Que comece o espetáculo! – Nero autorizou.

Drusus olhou para Glauco, Ana e Eustáquio, e sofrendo, não se conteve e chorou.

Eustáquio olhou para Dimas que seguiu aos gritos pedindo clemência.

E mais uma vez, dando mostras de sua condição espiritual Glauco pronunciou em voz alta as Bem-aventuranças:

*E Jesus, vendo a multidão, subiu a um monte, e, assentando-se, aproximaram-se dele os seus discípulos. E, abrindo a sua boca, os ensinava, dizendo:*

*Bem-aventurados os pobres de espírito, porque deles é o reino dos céus;*

*Bem-aventurados os que choram, porque eles serão consolados;*

*Bem-aventurados os mansos, porque eles herdarão a terra;*

*Bem-aventurados os que têm fome e sede de justiça, porque eles serão fartos;*

*Bem-aventurados os misericordiosos, porque eles alcançarão misericórdia;*

*Bem-aventurados os limpos de coração, porque eles verão a Deus;*

*Bem-aventurados os pacificadores, porque eles serão chamados filhos de Deus;*

*Bem-aventurados os que sofrem perseguição por causa da justiça, porque deles é o reino dos céus;*

*Bem-aventurados sois vós, quando vos injuriarem e perseguirem e, mentindo, disserem todo o mal contra vós por minha causa.*

*Exultai e alegrai-vos, porque é grande o vosso galardão nos céus; porque assim perseguiram os profetas que foram antes de vós.*

*Vós sois o sal da terra; e se o sal for insípido, com que se há de salgar? Para nada mais presta senão para se lançar fora, e ser pisado pelos homens.*

*Vós sois a luz do mundo; não se pode esconder uma cidade edificada sobre um monte;*

*Nem se acende a candeia e se coloca debaixo do alqueire, mas no velador, e dá luz a todos que estão na casa.*

*Assim resplandeça a vossa luz diante dos homens, para que vejam as vossas boas obras e glorifiquem a vosso Pai, que está nos céus.* (Mateus: 5,1-16).

Toda multidão experimentava um estado de estupefação. Ninguém dizia nada.

Ao lado de Glauco, sem que os olhos humanos pudessem contemplar, estava Elano que o envolvia em vibrações de amor.

Junto a Eustáquio e à Ana, entidades amorosas os abraçavam.

O mesmo se dava com os demais cristãos – os corpos caíam ao chão, flagelados pelas feras, mas os espíritos se punham de pé amparados com muito amor.

Dimas também foi assistido, mas assim que ficou livre do corpo físico saiu correndo demonstrando insanidade.

Glauco foi o último a tombar. Ele estava de olhos fixos no céu e no momento derradeiro exclamou:

– Papai Antoninus, Elano...

Da dimensão onde estava, Antoninus falou com sorriso amoroso:

– Vem, meu filho, descansa por agora, para mais tarde retomarmos o trabalho.

Drusus despertou a curiosidade de algumas pessoas, pois lágrimas abundantes banhavam seu rosto. Como podia um soldado romano chorar durante o sacrifício de cristãos.

Vagarosamente, ele foi saindo do circo.

Claudia e Sofia dirigiram-se a um oficial indagando sobre a jovem que havia sido perdoada por Nero.

Ambas estavam curiosas com a decisão do Imperador.

Por que ele teria perdoado Lucia?

E como ela teria saído de casa e chegado até a arena?

Estas questões seriam respondidas depois, pois o que elas desejavam naquele momento era abraçar Lucia.

# A dor de Drusus

Após deixar o circo, Drusus andava sem destino pelas ruas de Roma.

Sua vida que sempre estivera baseada em valores de prazer e violência parecia ainda mais vazia.

Quando surgiu a oportunidade de vivenciar novos valores e sentimentos foi tudo muito breve, e o vento da morte varrera para longe corações que ele aprendia a amar.

E intimamente refletia:

"Mas em volta do nome desse Jesus só vejo dores e lágrimas. Que Mestre é esse que separa os que podem se amar? Agora estou aqui com esse pergaminho sem saber o que fazer".

Sem se dar conta, ele se viu em frente ao Lupanar Pompeia, o mais famoso e conhecido prostíbulo de Roma.

Drusus já estivera por diversas vezes naquele local, principalmente no andar de cima, que era frequentado pelas pessoas mais abastadas. Experimentara ali muitas noites de ilusão e bebedeira.

O ex-gladiador olhou para a porta e hesitou se deveria ou não entrar. Afinal, ele não era mais o mesmo gladiador, a condição financeira era modesta e naquele momento os prazeres não lhe atraíam.

Lembrou-se de Gaia, sua prostituta favorita.

Decidiu entrar e bater à porta do quarto em que ela atendia. Fazia alguns meses que não a via.

Drusus entrou e as pessoas não o reconheceram em trajes de soldado. Ele logo reconheceu um dos garotos que trabalhava no prostíbulo, de nome Firminus, que era amigo dela e estava lá.

– Procuro por Gaia, sabes se ela está?

O jovem, receoso, temeu pelo fato de um soldado procurar por ela.

Drusus percebeu a situação e falou:

– Não te aflijas, sou amigo dela e faz algum tempo que não a vejo. Podes me ajudar com alguma informação?

– Ela não trabalha mais aqui.

– Gostaria muito de vê-la. De qualquer forma, agradeço tua boa vontade.

Ele deu as costas e foi saindo, quando o garoto o alcançou e disse:

– Espero não me arrepender do que vou te contar, mas Gaia se converteu ao movimento do profeta crucificado.

Drusus se surpreendeu.

"Não é possível!" – pensou. – "Estou cercado por seguidores de Jesus. Onde quer que eu vá, sempre aparece algum cristão".

– Está tudo bem? – Firminus perguntou por causa do silêncio do soldado.

– E onde ela fica? Ainda mora no mesmo lugar?

– Sim, a casa ainda é a mesma, mas se de fato conhecias Gaia irás estranhar a mudança dela. Uniu-se com alguns seguidores do profeta, e é vista normalmente à noite nos lugares mais miseráveis.

– E o que faz ela nesses lugares?

– Soube que cuida de pobres e necessitados.

– Obrigado, Firminus!

– Me chamas pelo nome, então me conheces?

– Isso não tem importância! Obrigado!

Os pensamentos e os sentimentos o aturdiam.

Depois de colher a informação com o jovem, ele decidiu caminhar para a Suburra, o bairro mais miserável de Roma.

Era lá que Gaia residia.

No bairro pobre, assim que chegou Drusus decidiu-se por beber vinho.

Na taverna miserável, alguns dos presentes acharam estranho o fato daquele soldado romano beber aquele vinho amargoso, que mais se assemelhava ao vinagre.

Mergulhado nos mais tormentosos pensamentos ele bebeu várias taças de vinho.

O taverneiro observava a condição de embriaguez de Drusus, mas receava expulsá-lo com medo de represálias do Império.

Pouco tempo depois, Drusus decidiu ir até a casa de Gaia e saiu cambaleante pela rua. Atordoado, ele caiu ao chão e sua visão obscureceu.

Horas depois, ele despertou, tendo à sua frente a jovem Gaia colocando compressas de água fria em sua testa.

– Sinto que minha cabeça está em pedaços, o que aconteceu?

– Bom dia, soldado Drusus, ou devo dizer gladiador Drusus?

– Como cheguei até aqui?

– Quando voltei para casa na noite passada, encontrei um soldado romano caído à porta. Algumas pessoas me disseram que esse soldado havia pronunciado meu nome antes de desmaiar. O resto da história podes deduzir.

Drusus ergueu a cabeça e contemplou o pequeno espaço onde Gaia vivia e surpreendeu-se, exclamando:

– Mas o que aconteceu, quem são essas crianças?

– Minhas filhas, Giovana e Chiara...

– São dois bebês.

– Sim, Drusus, são duas meninas que iguais a tantas crianças são abandonadas em Roma, pelo simples motivo de terem nascido meninas.

– Mas, o que aconteceu com tuas convicções, vejo que a vaidade que demonstravas até mesmo nas roupas com que te adornavas agora ficaram para trás? Onde está a mulher vaidosa que conheci e que presenteei com tantas joias?

– Onde está o orgulhoso Gladiador, que não admitia ao menos passar pela Suburra?

Drusus sorriu, melancolicamente, e comentou:

– Parece que nossas vidas mudaram, e pelo que soube temos um personagem em comum a ser o causador dessa mudança.

– No seu caso não sei, mas os meus dias nunca mais foram os mesmos depois que conheci a mensagem de Jesus.

– Mas, como isso se deu, Gaia?

– Sabes perfeitamente que minha vida era comercializar ilusão. Sustentava-me através do corpo pela beleza que os homens cobiçavam. Minha bolsa era farta de sestércios. Intimamente, sentia-me vazia e não via sentido para a vida. Foram muitos os homens que felicitei através da vida de luxúria. Mas, confesso que sempre que me via sozinha os pensamentos me atormentavam, e algumas vezes pensei pôr fim a tudo isso.

– Quando me procuravas para as noites de prazer, sonhava e me encantava contigo, com tua fama e glória, tão efêmeras quanto os prazeres que eu vendia. Sabia que o amor era coisa da minha cabeça sonhadora, e que homem algum se interessaria por mim, pelo que sinto de verdade. E a vida era assim, exatamente como te falo, até que ouvi falar dele pela primeira vez.

– Certa manhã, em que voltava para a Suburra, após mais uma noite vendendo prazeres, deparei-me com um homem que chamou a minha atenção por estar com duas crianças nos braços. Curiosa, lhe perguntei sobre as crianças, então ele me disse que acabava de recolhê-las da rua e iria cuidar delas até que conseguisse alguém que as amparasse. E me surpreendeu, perguntando se eu não ficaria com elas. Gargalhei com aquelas palavras. Falei que jamais veria desabrochar do meu ventre aquelas flores de carne e que nunca seria mãe. Foi nesse instante que ele me disse assim:

– Gostaria de te apresentar o amor, um amor que não conheces certamente, um amor que nos completa, que pacifica o nosso coração. Desejarias conhecê-lo?

– Sorri da fala daquele homem estranho. E o desafiei de certa forma, dizendo que acreditava em suas palavras, mas desejava olhar para a rosto do homem que seria capaz de proporcionar esse sentimento, porque sabia que ele não existia. Mas pensei, uma ilusão a mais ou a menos não fará diferença em minha vida miserável. E perguntei quando poderia ver esse homem. Ele me pareceu mais louco, quando afirmou que eu não iria ver, mas sentir o amor dentro de mim, na minha própria alma. Naquela noite não fui ao lupanar, e mesmo com medo me dirigi às catacumbas.

– Não é verdade o que estou ouvindo, não pode ser!

Dos olhos de Gaia, duas lágrimas correram contornando seu rosto de grande beleza.

– O que não pode ser?

– Depois que terminares teu relato, farei o meu.

– O homem que me convidou para aquela reunião chama-se Petrônio. Eu já imaginava que ele era cristão, e o convite para a reunião na catacumba comprovou isso.

– Mas o que aconteceu, que verdadeiramente envolveu teu coração?

Gaia suspirou e retomou a palavra.

– Desiludida com a vida, fui surpreendida com a mensagem de esperança e de amor, que me fez sonhar novamente. Mas não era um sonho ilusório, era um sentimento que fazia vibrar meu coração. Por mais que afirmasse o contrário, sempre me senti culpada. O remorso era minha companhia constante. Muitas pessoas que desfrutavam da minha presença no Pompeia, quando passavam por mim na rua viravam o rosto. Já recebi cusparada em plena via pública. Não tinha autoestima, nem amor próprio. Foi quando conheci Jesus naquela noite e, então, pude amá-lo. O conheci da maneira mais linda, que jamais imaginaria fosse possível acontecer ou que existisse um amor assim.

– Conta-me logo, como foi isso?

– Passei a amar Jesus, quando a mensagem do Evangelho ensinada aquela noite se assemelhou à minha vida de erros. O irmão Petrônio contou essa história:

*Dirigiu-se Jesus para o monte das Oliveiras.*

*Ao romper da manhã, voltou ao templo e todo o povo veio a ele. Assentou-se e começou a ensinar.*

*Os escribas e os fariseus trouxeram-lhe uma mulher que fora apanhada em adultério.*

*Puseram-na no meio da multidão e disseram a Jesus: Mestre, agora mesmo esta mulher foi apanhada em adultério.*

*Moisés mandou-nos na lei que apedrejássemos tais mulheres. Que dizes tu a isso?*

*Perguntavam-lhe isso, a fim de pô-lo à prova e poderem acusá-lo. Jesus, porém, se inclinou para a frente e escrevia com o dedo na terra.*

*Como eles insistissem, ergueu-se e disse-lhes: Quem de vós estiver sem pecado, seja o primeiro a lhe atirar uma pedra.*

*Inclinando-se novamente, escrevia na terra.*

*A essas palavras, sentindo-se acusados pela sua própria consciência, eles se foram retirando um por um, até o último, a começar pelos mais idosos, de sorte que Jesus ficou sozinho, com a mulher diante dele.*

*Então ele se ergueu e vendo ali apenas a mulher, perguntou-lhe: Mulher, onde estão os que te acusavam? Ninguém te condenou?*

*Respondeu ela: Ninguém, Senhor. Disse-lhe então Jesus: Nem eu te condeno. Vai e não tornes a pecar.* (João: 8,1-11).

Gaia teve a voz embargada pela emoção.

– Depois que ouvi essa história sobre Jesus pude olhar nos olhos das pessoas novamente. Conheci o amor de verdade. Aquele amor que eu acreditava era do mundo, o amor que o Evangelho me revelou é capaz de trazer felicidade verdadeira no bem que se faz para o próximo. Foi como tirar o peso de todos os meus erros das minhas costas e principalmente da minha consciência. A vida ganhou novo sentido, único e verdadeiro. Jesus me amava e me queria. E é assim que ele ama a todos e aceita todas as pessoas, não importa.

Drusus se lembrou de Glauco e chorou.

Gaia assustou-se. O que estaria acontecendo com o grande e temido gladiador de Nero?

Abraçado a ela, o então fragilizado Drusus, chegou a soluçar.

– Essas meninas, Giovana e Chiara, agora são minhas filhas do coração – ela falou para desanuviar o coração dele. – Trouxeram vida para minha vida. Não desabrocharam no meu ventre, mas floresceram em meu coração. É isso que Jesus faz com a alma da gente, ele revela o bem que existe em cada um de nós. A vida de prostituição ficou no passado. Homens me procuraram, me pedindo para voltar. Prometiam me enfeitar com novas joias, me vestir de seda, mas decidi viver sob a luz do Evangelho. Tenho me esforçado para me vestir de caridade e amar do jeito que Jesus amou. Vi Petrônio partir na tarde de ontem no circo atirado às feras, mas o amor de Jesus é maior do que toda perseguição. Os homens vão passar, mas Jesus vai permanecer.

# Procurado vivo ou morto

– Parece que estou sendo perseguido por Jesus. As últimas pessoas com as quais estava convivendo foram todas convertidas à mensagem dele. Sinto-me envolvido pelo profeta galileu por todos os lados.

– E onde estão essas pessoas?

– Estão todas mortas! Espero que não te aconteça o mesmo. Porque tem sido esse o destino de quem me aproximo.

– Não posso morrer agora, porque tenho essas meninas para cuidar. Jesus vai me ajudar a protegê-las.

– A perseguição está intensa, precisas evitar as reuniões nas catacumbas.

– Tenho agido assim. Não estou mais sozinha, Giovana e Chiara são de minha responsabilidade agora e necessito preservá-las. Parece que meus olhos se abriram...

Nesse instante, ouviu-se batidas fortes na porta de entrada.

Drusus sobressaltou-se.

– Acalma-te – ela pediu –, deve ser Matteo, o amigo que traz leite para as meninas. Aguarda...

Ela foi até a porta de entrada e Drusus ouviu a conversa.

– Bom dia, Gaia! Aqui está o leite das tuas filhas!

– Bom dia, Matteo, obrigada! Quando ouço tuas palavras me dizendo que sou mãe chego a me transportar para o céu, tamanho júbilo que invade minha alma.

– Mas, não minto quando digo isso. És mãe, e pelo que vejo, muito zelosa.

– A maternidade me deu sentido novo para a vida, parece que agora estou integrada a uma vida verdadeira.

– Compreendo, embora não seja ao menos pai, mas, enquanto puder garantirei o leite das tuas meninas para te ajudar.

Matteo também era cristão, e desde que soube da conversão de Gaia e de seu esforço para criar as filhas ele ajudava com o leite.

– Sua preocupação em trazer o leite para elas já te dá um sentido de fraternidade e uma pitada de paternidade.

Matteo ruborizou-se.

Ela olhava para ele com ternura e gratidão.

Desconcertado, o rapaz procurou mudar de assunto.

– Evita sair de casa hoje, pois os soldados romanos estão fazendo buscas em todos os lugares.

– Mas aconteceu algo de especial?

– Sim, parece que estão à caça de Drusus, o gladiador.

– E o que foi que ele fez?

– Matou dois soldados e um centurião.

– Nossa, e como foi isso?

– Os corpos foram encontrados na casa de Eustáquio e Ana, porque foram eles que cuidaram de Drusus e de outro jovem cristão. Aquela história do cristão que derrotou Drusus, e os dois foram condenados à morte, lembras?

– Soube dessa história, e estive em algumas pregações de Eustáquio que me emocionaram muito. Afastei-me de uns tempos para cá com a chegada das meninas em minha vida.

– Sabes que os soldados de Nero, para algumas situações, não têm piedade de ninguém. Como tens as meninas para cuidar, evita sair à rua, e se baterem à tua porta, deixa-os entrar.

– Obrigada pelo leite das meninas e principalmente por tua preocupação conosco.

Matteo abaixou os olhos e se retirou.

– É melhor eu partir.

– É melhor te acalmar, Drusus. Tudo o que Matteo narrou é verdade?

– Quase tudo, porque não os assassinei, foram eles que vieram me matar e tive que me defender.

– Esses argumentos não serão levados em consideração pelos romanos, tu sabes disso.

– Verdade, Gaia, eles não irão considerar nada que venha da minha parte. Preciso partir, devo viajar para Jerusalém, pois tenho uma missão a cumprir por lá. Mas me faltam recursos para isso. Sem embarcar não tenho como chegar ao meu destino.

Gaia olhou para Drusus e refletiu.

"A vida é uma grande estrada e o gladiador poderoso e temido agora está em minha casa. Me iludi tantas vezes vendo nele todos os sonhos e glórias, as glórias do mundo. Ainda bem que conheci Jesus que me trouxe a glória do serviço pelo amor aos semelhantes".

Gaia deu as costas a Drusus e remexeu em alguns guardados.

Revirou algumas coisas sobre pequeno móvel e tirou de uma pequena caixa um bracelete de ouro e pedras preciosas.

Ela ergueu a peça na altura dos olhos e a contemplou, perdida em pensamentos.

Então, se voltou para Drusus e falou com carinho:

– Aqui está – ele olhou assustado com a riqueza da peça. – É o último elo material que mantenho com a vida de equívocos antes de conhecer o Evangelho. Toma tua passagem para

Jerusalém. Tenho certeza que tua viagem irá beneficiar tua alma e a vida de muitos.

– Mas vives em situação de penúria, e essa joia te garantiria o sustento por meses, quem sabe, mais que isso, para ti e tuas filhas. Não posso aceitar!

– Minhas filhas não precisam ser alimentadas por minhas chagas morais. O momento é urgente para o que tens a fazer, e algo em meu coração me diz que devo te ajudar. Tu pegues a peça e parta assim que for seguro. Essa joia tem valor material, mas o preço dela custou-me o encarceramento ao remorso, por toda minha vida.

Dizendo isso, Gaia começou a chorar.

– Se quiseres, desabafa – ele falou sem jeito –, estou aqui!

– Durante um tempo, um senador me visitava no Lupanar Pompeia. Atraído por meus encantos, pediu-me exclusividade. O que atendi prontamente. Sentia-me venturosa por ter um Senador a cuidar de mim. Tudo me era dado, e ninguém me incomodava. Não precisava atender a outros homens. Imaginava que teria aquela proteção para sempre. Alguns meses depois, engravidei e enlouqueci, porque estando grávida perderia os favores que meus encantos femininos proporcionavam. Em vão procurei uma saída, desolada e triste contei ao Senador o que se passava. De pronto fui rechaçada por ele. Agrediu-me com um tapa no rosto, afirmando que eu não havia respeitado nosso acordo. Cuspiu-me na face. E da porta de onde partiu, atirou-me esse bracelete que trouxera para me presentear. Esse é o Senador Aulus, homem respeitado por Nero, e que marcou minha vida para sempre.

– E a criança, o que foi feito dela?

Gaia chorou convulsivamente.

Quando conseguiu controlar as lágrimas, falou amargurada:

– Abandonei-a nas ruas de Roma.

Drusus ficou emocionado com a história de Gaia.

Sentia-se culpado e envergonhado por ter também se aproveitado de Gaia e de outras mulheres, tratando-as sem o menor respeito.

– Esse bracelete eu guardei para não esquecer do mal que causei à criança, que nem sei se sobreviveu ao abandono. Depois disso, me entreguei de vez às loucuras e orgias banhadas a vinho. Jesus não tirou de mim o peso da minha loucura, mas Ele me ensinou por suas lições que o amor pode me redimir. E um dia, certamente, irei de alguma forma reparar o mal que fiz àquela criança. Toma, leva contigo essa peça que poderá garantir tua viagem.

Drusus retirou de sob a túnica o pergaminho.

– Aqui está o motivo dessa viagem. Esse é o pergaminho que foi encontrado com os restos mortais de Paulo. Segundo Glauco e Eustáquio, é uma carta para Timóteo. As últimas informações que tive dão conta de que o filho espiritual de Paulo se encontra em Jerusalém. Prometi levar até ele a última carta do Apóstolo.

– Abençoado sejas, Drusus! Não percas mais tempo, espera anoitecer e vai até o porto. Tenho certeza que esse bracelete será tua passagem para Jerusalém.

# Cristãos juvenis

Tudo estava mudado na casa do Senador Aulus.

Claudia havia assumido a condução de muitas situações dentro do lar.

Os dias foram passando, e Lucia, mesmo carregando no coração o peso da amargura, procurava buscar na mensagem de Jesus a força para seguir adiante.

Certa tarde, ela se surpreendeu:

– Lucia! – Sofia falou animada. – Temos alguns jovens que te buscam à porta!

– Jovens? Quem pode ser?

– Posso autorizá-los a entrar?

– Sim, mande-os entrar.

Ela estava tão profundamente triste e mergulhada em seu mundo íntimo que esquecera do pedido de Glauco.

No entanto, ela se emocionou.

Otávius, Fabricius e Tibérius entraram sorrindo.

– Lucia, que a paz de Jesus esteja em teu coração, que bom podermos nos reunir novamente! – Tibérius falou feliz.

– Estávamos ansiosos por esse momento! – Fabricius falou animado.

– Quando iremos retomar nossos estudos? – Otávius indagou com alegria.

– Eles têm razão! – Quinta afirmou, se aproximando.

O momento era de júbilo e alegria cristã para aqueles corações juvenis.

– Se Glauco estivesse aqui, nos pediria para prosseguir. Todos os jovens sacrificados no circo não podem ser esquecidos. E a melhor maneira de fazermos isso é seguir com nosso grupo de estudo sobre o Evangelho.

Eles não perceberam que ao lado deles estavam Glauco, Eustáquio e Ana, inspirando as decisões.

– Mais jovens precisam conhecer a Boa Nova. Quantos jovens patrícios estão entregues às loucuras que o poder romano lhes impõe?

– Tens razão, Tibérius! – Quinta concordou.

– Necessito, mesmo sentindo a dor da morte de Glauco, seguir com os jovens cristãos. Ele me disse que Jesus carece de servidores que não sejam sacrificados no circo. O trabalho precisa continuar!

– É verdade, Lucia! Vamos fazer a nossa parte, não é possível que diante de tanta luz que recebemos de Jesus deixemo-la escondida dos outros jovens.

– Verdade, Quinta. Lembram daquela tarde em que Eustáquio nos falou sobre a candeia?

– Lembro sim, Lucia! Ele disse que o Mestre ensinou, que:

*Não se acende uma candeia para colocá-la sob o alqueire; mas colocam-na sobre um candeeiro, a fim de que ela clareie todos aqueles que estão na casa.* (Mateus, 5,15).

– Nossa responsabilidade é muito grande com outros jovens. Não podemos ficar indiferentes ao que vem acontecendo na vida de tantos como nós. E os que morreram no circo não podem ser esquecidos!

– Tuas palavras são valiosas para nossa conscientização, Otávius! – Tibérius afirmou.

– Não podemos ir às reuniões do Império e impor a mensagem de Jesus aos jovens patrícios. Porque se assim fizermos, logo seremos delatados e presos. Agora não é hora de perdermos a liberdade. Precisamos multiplicar os jovens corações envolvidos com a boa nova. Discretamente, iremos identificar outros como nós que estão prontos para receber a mensagem.

Glauco inspirava a fala de Lucia, sem que ela percebesse.

E ela prosseguiu:

– Recordo-me de uma frase atribuída a Jesus, por Eustáquio, sobre a entrada do Mestre em Jerusalém:

*Digo-vos que, se estes se calarem, as próprias pedras clamarão*. (Lucas: 19,40).

– Não vamos deixar para as pedras o que os nossos corações podem falar e repetir sobre o que Jesus disse: *Eu sou o caminho, e a verdade e a vida; ninguém vem ao Pai, senão por mim.* (João: 14,6).

A conversação seguiu animada por muito tempo, e as primeiras ações foram acertadas pelos jovens corações cristãos.

***

– Senhora, a Vibia desapareceu desde que voltamos do circo.

– Ela sempre foi muito estranha, Sofia, mas não me consta que em algum momento tenha se convertido a Jesus, caso contrário saberias por certo.

Nesse instante, ouviu-se a voz alterada do Senador:

– FUI ROUBADO!

Claudia e Sofia dirigiram-se para o aposento de onde havia partido o grito e surpreenderam o Senador de mãos na cabeça.

– Fui roubado, todos os sestércios que tinha guardado, junto com as moedas de ouro foram levados!

Sofia e Claudia se entreolharam sem entender.

– Desconhecíamos que guardavas tantos recursos em casa – Claudia argumentou.

O Senador se recordou que a última vez em que mexeu nos valores foi para pagar Vibia.

– Desgraçada! – ele resmungou entre dentes. – Foi Vibia, tenho certeza!

– Mas como podes ter tanta certeza assim?

– Como? – Aulus tentou argumentar desconcertado. – Era a única que andava se esgueirando pela casa. Parecia fazer tudo às escondidas.

– E agora ela desapareceu, Senador – Sofia informou.

– Desapareceu?

– Agora ela tem o bastante e não precisa mais semear mentiras e maldade no seio das famílias!

O Senador entendeu as palavras de Claudia e preferiu ignorá-las.

Com raiva e palavras desconexas, ele saiu a passos rápidos para os jardins.

Ao passar pelo átrio, observou os jovens em conversação animada e saiu destilando ódio.

Precisava se concentrar, ficar bem, pois a qualquer momento seria chamado ao palácio de Nero.

Claudia e Sofia ficaram sozinhas.

– Senhora Claudia, um fato me intriga até hoje.

– E que fato é esse, Sofia?

– Por que Nero livrou justamente Lucia da morte, no circo?

– Tens razão, Sofia. É algo que eu também gostaria de saber.

– Será que ele sabe que Lucia é sua filha?

– Isso nunca saberemos.

# A PARTIDA DE DRUSUS

O dia passou rapidamente.

– A noite chegou, Drusus, creio que ela te garanta mais segurança em direção ao porto.

– Também acredito nisso.

– Toma, preparei algum alimento, caso necessites.

O ex-gladiador se comoveu com o carinho de Gaia.

Ela o contemplou e sentiu que aquele homem à sua frente não era o mesmo gladiador de Nero, orgulhoso e violento. E sem medir as palavras, afirmou:

– Jesus está trabalhando em tua alma, Drusus.

– Não entendo tuas palavras, Gaia.

– Irmão Drusus...

– Por que, me chamas assim?

– Incomodo?

– Quem por primeira vez me tratou desse jeito foi Glauco.

– Somos todos irmãos em Cristo Jesus, ele vai agindo em nosso coração através da vida. Sua presença é constante, mas precisamos entender isso e buscar a comunhão com Ele.

– E o que é essa comunhão?

– É o amor. Esse sentimento que existe em nós, mas que se encontra adormecido em nossa alma. As coisas que te falo são o resultado do despertar do Cristo que vive em mim. Sabe, Drusus, não foram poucas as vezes em que desejava desistir de tudo. Sempre orgulhosa e adulada pelos homens, julgava ter domínio sobre as situações. Quando na verdade, tecia a teia na qual me prenderia voluntariamente pelas escolhas equivocadas que fiz. Então, a dor vive a bater na porta da nossa vida, até que nos decidamos acordar.

– Não posso ir contra as situações que me empurram para novo caminho. Esse pergaminho, essa carta, tão importante para os cristãos, ficou nas minhas mãos sem que eu quisesse.

Gaia sorriu com discrição e disse:

– É Jesus te convidando para o trabalho. Ele vai nos enviando convites, até que despertemos para nossa necessidade de colaborar com sua obra. Mas, não podemos esquecer que Jesus não precisa de nós, pelo contrário, somos nós os necessitados de paz. Os miseráveis morais, pedintes de luz.

Gaia era instrumento de Elano, que estava ao lado dela. O jovem cristão, morto por Drusus na arena, enviava-lhe, pelos lábios de Gaia, uma mensagem de esperança e bom ânimo.

– Novas lutas surgirão, Drusus, pois à medida que nos propomos a servir a responsabilidade aumenta, mas a proteção também. Aquele que trabalha no bem não deve se deter na observação do mal. É preciso servir e prosseguir!

Drusus refletiu nas palavras de Gaia.

Após longo silêncio, ele afirmou:

– É hora de partir! Não tenho como agradecer-te.

– Leva a última carta de Paulo em segurança. Esse é teu gesto de gratidão a todos os cristãos que pereceram e irão perecer por amor a Jesus.

Ele sorriu e a abraçou.

– Cuida de tuas filhas.

– Cuidarei! Que Jesus te acompanhe.

– Não sou cristão, Gaia.

– Estais a serviço do amor, isso é o mais importante.

Ela o acompanhou até a porta, mas não sem antes verificar como estavam as coisas na rua.

O movimento de pessoas ainda era grande.

– Acredito que essa agitação me favorecerá, preciso ir...

Drusus não percebeu, mas havia se transformado no mensageiro de Paulo.

Com uma túnica singela, providenciada por Gaia, ele ganhou as ruas e partiu em direção ao porto.

Ele tinha conhecimento que o movimento de embarcações era grande. Pensando assim, acreditava que não teria dificuldades para embarcar.

O bracelete de Gaia lhe garantiria a passagem.

Drusus caminhou a passos largos evitando se expor, até que em avenida movimentada, ele se deparou com um magote de soldados.

Ainda guardando certa distância hesitou em prosseguir. Sem saber o que fazer, o coração sobressaltava-se. O suor lhe molhava a face. Lembrou-se de Glauco e falou em voz baixa:

– Glauco, se estiveres aí nesse reino de Jesus, peça a Ele que me ajude a embarcar.

Ao fazer o pedido, uma sensação de bem-estar lhe tomou o coração. Pareceu ouvir a voz do amigo a sussurrar em seu coração:

– Segue firme e confiante!

Nesse instante, ele falou intimamente, respondendo ao sussurro:

– Seguirei...

Ele apressou os passos e caminhou. Os soldados, que estavam envolvidos em entusiasmada conversação, nem notaram que aquele homem passava por eles.

O porto nunca lhe pareceu tão longe, embora estivesse acostumado ao ambiente portuário, onde estivera diversas vezes a serviço de Nero. Contudo, temia pela presença dos soldados, que certamente vigiavam o cais.

Conhecia alguns comandantes.

Fervilhando de tantas indagações ele preferiu se dirigir a uma taberna, onde sabia que os tripulantes e alguns comandantes buscavam distração, entre uma viagem e outra. Era o local mais indicado para os contatos que ele precisava.

Após duas horas caminhando por ruelas e atalhos, a fim de escapar das forças de Nero, finalmente ela chegou à taverna. Avaliou o ambiente e os riscos para poder permanecer no local.

Suas vestimentas eram discretas e ele não chamava atenção.

A luz mortiça do ambiente ajudava em sua proteção.

Serviu-se de vinho e aguçou os ouvidos para perceber alguma fala que lhe interessasse.

Não demorou muito tempo para que identificasse a presença de um comandante conhecido. Tratava-se de Acrisius. Já o conhecia e não seria difícil acertar com ele seu embarque, mas precisava se prevenir, pois o comandante poderia escolher o Imperador e denunciar-lhe a presença.

Após minutos de hesitação, Drusus resolveu se aproximar assim que Acrisius ficou só.

– Tu permites te acompanhar e pagar uma caneca de vinho?

Desconfiado, o homem aquiesceu, balançando a cabeça.

– Não desejo importunar-te, mas necessito partir para Cesareia Marítima...

– Lamento, mas não disponho de vagas...

E fitando o rosto de Drusus, questionou:

– Não te conheço?

– Acredito que não... – Drusus tentou disfarçar. – Mas gostaria de insistir, porque tenho como pagar o preço que me pedires.

– E o que tens para oferecer?

Drusus estendeu a mão para o comandante com o bracelete envolto em um pano.

– Tens certeza de que não te conheço? – Novamente ele indagou, desconfiado.

– Acredito que não, mas se lembrares de mim, tenho certeza que o pagamento que ofereço te fará apagar essa lembrança. Necessito partir o mais rápido possível.

Acrisius desenrolou o pano e viu o bracelete.

Seus olhos brilharam de cobiça a ponto dele se mexer na cadeira.

– Me parece um bom pagamento pelo meu silêncio, e por transportar alguém que está sendo caçado pelas forças romanas.

Drusus constrangeu-se.

Era a primeira vez em sua vida que se sentia feito refém.

Se Acrisius desejasse, bastaria pronunciar seu nome em voz alta, que ele não escaparia da prisão.

Sem outra alternativa, decidiu esperar.

# Novos perigos

– Vou embarcar-te! Mas os soldados romanos vigiam todas as embarcações. Tua cabeça hoje vale alguns bons sestércios. Matar um centurião é um ato de loucura. Mas como não sou romano e meus negócios com Nero são apenas comerciais, não vou me intrometer nessas questões. Vem comigo!

Eles saíram da taverna e Acrisius levou Drusus para uma construção ao lado do porto.

Chegando ao local ele pediu para Drusus se acomodar dentro de um grande cesto.

Incomodado com a situação, ainda assim ele não via saída, não podia recuar.

O cesto foi lacrado por Acrisius e amarrado com cordas.

Espremido e em situação desconfortável, o ex-favorito de Nero ouviu:

– Vou buscar dois homens para carregarem esse cesto para bordo.

Drusus angustiou-se e começou a pensar em Jesus:

"Esse Mestre de quem tanto se fala costuma sacrificar seus seguidores. E agora estou aqui, pronto para o sacrifício. Mas, tendo feito tanto mal aos cristãos foi deles que ganhei as maiores demonstrações de respeito e amizade".

– Podem pegar, é esse o cesto que quero embarcar.

Ele reconheceu a voz de Acrisius.

Sentiu-se erguido ao alto.

Os homens começaram a caminhar, e Drusus, apertado naquele cesto, só lhe restava esperar.

No porto...

– Alto lá... O que trazes nesse cesto?

– Valoroso oficial de Nero, é apenas um cesto, nada mais – Acrisius procurou argumentar.

O soldado aproximou-se e apalpou o cesto sem perceber e se interessar pelo que havia dentro dele.

Drusus transpirava muito.

– Podes seguir...

– Que os deuses atendam a todos os teus pedidos, nobre oficial!

Drusus sentiu que o cesto estava sendo colocado na embarcação.

Ali, ele permaneceu por cerca de duas horas, até que sentiu em dado momento que as cordas se afrouxaram.

– Podes sair, mas ficarás escondido por mais um tempo, até que tenhamos partido. Para que ninguém desconfie, vou deixar-te junto com os remadores.

Em silêncio, ele foi conduzido ao porão para aguardar a partida.

***

A taça de vinho transbordava, e Nero em estado de embriaguez comunicava:

– Embora venhas prestando relevante serviço a teu Imperador, decidi escolher outro senador para governar a Acaia. Nesses dias em que somos invadidos por feitiçarias que tanto mal têm causado a Roma, não posso admitir que um senador romano tenha no seio da própria família pessoas ligadas ao crucificado.

O Senador Aulus ficou petrificado com a notícia.

Todo empenho dos últimos anos para realizar seus sonhos tinha sido destruído pela própria família.

– Oh, Magnânimo, peço vênia para justificar esses lamentáveis fatos, visto que todos eles ocorreram à minha revelia.

– Nada do que fales mudará minha decisão – Nero afirmou com certo enfado.

– Neste caso, prefiro não importunar e poupar vosso tempo precioso.

– E tua filha, como vai?

Aulus fitou os olhos daquele homem de pouco escrúpulo e contra vontade, disse:

– Lucia está bem...

– Ela se tornou uma linda jovem. Já tinha observado a sua beleza nos eventos juvenis do palácio. Só não me recordo de ver novamente a presença de tua encantadora esposa...

– Claudia vive enferma, desde aquela noite em que vos acompanhou na taça de vinho. Peço-vos licença para retornar à minha residência.

– És portador da minha estima e leves meus sentimentos para toda família, em especial à tua inesquecível esposa.

O Senador olhou para os lados e baixou os olhos, pois percebeu no rosto de muitos que presenciaram a conversa um riso malicioso.

Em sua mente, vários pensamentos explodiam:

"Fui um tolo quando agi de maneira desrespeitosa com Claudia, submetendo-a aos caprichos de Nero. Desdenhei da dignidade dela e a entreguei a um louco. Sou culpado por tudo. Minha ganância, meu desejo de poder..."

Envergonhado e de cabeça baixa, Aulus saiu da presença de Nero.

Ao chegar a casa se deparou com Claudia no átrio.

– Aconteceu alguma coisa, estás abatido?

– Sim, aconteceu... Estou despertando...

– Entendo... Quero aproveitar esse momento para te dizer, que embora meu coração venha experimentando sofrimento desde o nascimento de Lucia, sinto minha alma vinculada à tua. És meu esposo, e ainda sinto a mesma ventura e encantamento por ti. Procurei compreender as tuas ações, porque sabia que um dia irias colher os frutos amargosos das tuas escolhas. Falo isso, não para te acusar, mas para te dizer que sigo ao teu lado. Mas é preciso que desejes estar comigo.

O orgulhoso senador envergonhou-se mais ainda de tudo que promovera na vida de Claudia.

– Será que um dia irás me perdoar?

– Sei do teu esforço para cuidar de Lucia, pois sempre soubeste que ela não é tua filha. Ela foi fruto da falta de respeito daquele que teus interesses pediram para servir. Silenciaste esses anos todos em troca das promoções e cargos que almejavas. Mas tratas minha filha com respeito, e isso não posso esquecer. Se doía em mim, certamente doía em ti também.

– Peço-te que não me envergonhes mais do que as cobranças da minha própria consciência.

– Não foste indicado para a governança da Acaia, não é mesmo?

– Sim...

– Quem sabe, Aulus, que teu coração agora ferido, consiga enxergar outras realidades fora do palácio de Nero. É o que te desejo!

Ele permaneceu de olhos baixos, sem coragem de fitar a esposa dedicada.

Após refletir brevemente nas palavras de Claudia, afirmou:

– Tua dignidade é minha maior vergonha, tua honestidade e dedicação ao nosso casamento é um punhal que me fere todas as vezes que me vejo em teus olhos. Não te respeitei inúmeras vezes.

– Venho aprendendo com os ensinamentos de Jesus que devemos perdoar aqueles que nos agridem por ações e palavras. Não trago minhas mãos sujas por atos indignos, sendo assim o perdão é a melhor maneira de dizer que te amo e te respeito.

# A PARTIDA

Finalmente a embarcação partiu.

Drusus que estava entre os remadores aguardava que o comandante viesse retirá-lo daquela situação.

Isso só aconteceu após algumas horas da partida de Roma para Creta, na Grécia.

Acrisius comandava a embarcação com mão de ferro e todos o respeitavam.

A presença de Drusus despertou a curiosidade da tripulação, pois um dos marinheiros reconheceu o gladiador procurado, que um dia fora favorito de Nero.

De Roma o navio seguiu para Creta e, após alguns dias, a embarcação seguiu para Rodes, depois para Chipre, onde foi reabastecida de víveres, e após algumas semanas de viagem enfrentando muitas dificuldades e tempestades, finalmente chegou em Cesareia Marítima.

– Drusus, precisamos nos utilizar do mesmo expediente usado para o teu embarque. Sabes que Cesareia Marítima pode ser considerada o quartel general de Roma na Judeia – Acrisius alertou. – Todo cuidado é pouco. Imagino que não vieste de tão longe para ser preso justamente agora.

– Entendo tuas justas preocupações, Comandante Acrisius, e eu as acato como medida preventiva para preservar minha liberdade.

Durante a viagem, o ex-gladiador reviveu em pensamento todas as situações e acontecimentos que o levaram a se manter enclausurado em um navio por semanas para prestar serviço aos cristãos.

Em sua memória, Glauco e todos os demais amigos permaneciam vivos.

Não esquecia do carinho e da ternura de Ana; lembrava-se com alegria das vezes em que Glauco lhe chamara de irmão Drusus.

Se emocionava rememorando as palavras de Eustáquio.

E em sua jornada para chegar até o destino, guardava na lembrança a história de Gaia.

As providências foram tomadas, e ele desembarcou, comprovando a presença de muitos soldados romanos. Iria se prevenir para não ser reconhecido, embora o tempo de viagem tivesse mudado significativamente sua aparência pelo emagrecimento e debilidade das forças.

Mas, alguém que o conhecera em Roma, por certo, poderia identificar por trás daquela barba o temível Drusus.

De Cesareia para Jerusalém partiam comitivas diariamente. E com a ajuda de Acrisius não foi difícil se integrar em uma dessas caravanas.

Com o pergaminho sob a túnica maltrapilha, ele seguiu preocupado, mas feliz, por poder levar a última carta de Paulo a seu discípulo Timóteo.

Em sete dias, Drusus chegou a Jerusalém. Ao entrar na cidade foi tomado de profunda emoção. Identificava nas construções algo que mexia com sua alma, mas não sabia dizer o quê.

Observava a agitação da cidade.

Então, decidiu procurar um lugar onde pudesse obter algum descanso.

Resolveu, por sua vez, perguntar a pessoas do comércio se sabiam onde se reuniam os seguidores de Jesus. A maioria se esquivava em responder, olhando para ele com certa desconfiança. Contudo, um homem simples que o observava de longe aproximou-se e disse:

– Cuidado com o que perguntas, pois aqui o Profeta Crucificado é motivo de perseguição e dor. A tolerância com seus seguidores se dá de acordo com os interesses políticos.

– A quem devo agradecer por avisos tão oportunos?

– Amnon, meu nome é Amnon, filho de Baruch. Posso levá-lo até os homens do caminho.

– Homens do caminho?

– Sim, não perguntavas há pouco sobre os seguidores do Cristo?

– Isso mesmo, como faço para chegar até eles?

– Tens nome?

Drusus hesitou, mas decidiu não mentir.

– Chamo-me Drusus.

– És romano?

– Sim, sou romano!

– Me sinto no dever de te advertir que para os judeus os romanos são inimigos, bem sabes.

– Compreendo tuas advertências, mas me sinto na obrigação de empreender essa nova fase em minha vida com total honestidade.

– Pois bem, vem comigo!

O coração de Drusus sentiu-se feliz, porque poderia cumprir a promessa em memória a Glauco.

O pergaminho seria entregue para Timóteo, em suas mãos.

O abatimento dele era visível, mas a alegria era maior.

Enquanto caminhava pelas ruas de Jerusalém seu coração se regozijava. Sentia-se leve e feliz.

– Aqui está, essa é a Casa do Caminho...

Drusus observava que muitas pessoas aguardavam do lado de fora. Criaturas que revelavam enfermidades e necessidades das mais diversas. Algumas de olhos esgazeados. Eram crianças, adultos, jovens e idosos que traziam a marca do sofrimento estampado na face.

Eram muitos.

Recordou-se de Gaia e de suas palavras acerca do bem que experimentava quando auxiliava seus semelhantes.

Rememorou as conversas com Glauco, em que o jovem amigo lhe revelaria o desejo de visitar Jerusalém e andar nos locais em que Jesus caminhou.

Os olhos dele encheram-se de lágrimas, que há muito encontravam-se represadas no coração.

Drusus olhou para os lados à procura de Amnon para lhe agradecer o favor de o ter levado até ali, mas não o viu mais.

Aproximava-se o grande momento em que ele poderia finalmente cumprir a missão que lhe fora confiada.

Sentia na alma que, após a entrega daquela carta, se tivesse que morrer, morreria feliz.

Ah, a riqueza de uma amizade, amigos são tesouros na vida.

# Os homens do caminho

O número de pessoas aumentava à medida que os minutos avançavam.

Drusus entendia que deveria esperar para ser atendido como todos ali faziam.

A ansiedade do ex-favorito de Nero acabou quando um homem com largo sorriso abriu a porta convidando a todos a entrarem.

Ele seguiu a fila dos necessitados e pedintes.

No interior daquela casa humilde, mas acolhedora, outras pessoas igualmente sorridentes e amorosas davam encaminhamento às atividades.

Os famintos, e Drusus se incluía nesse número, sentaram-se para receber a refeição. Sem cerimônia, ele se acomodou junto aos necessitados, e alguns seareiros da casa começaram a servir pão com um caldo quente e saboroso.

Nesse momento, o mesmo homem que havia aberto a porta falou com tom fraternal na voz:

– Meus irmãos, agradeçamos a Jesus a refeição que alimentará o corpo. E depois que todos estiverem saciados traremos o alimento espiritual pelas bênçãos do Evangelho.

Faminto, Drusus aliviava a fome que sentia há algumas horas.

E todas as pessoas se regozijavam na alimentação recebida.

À medida que os assistidos terminavam a refeição permaneciam sentados.

O homem de semblante agradável e amoroso chamava-se João, e segundo alguns comentários, que Drusus tinha ouvido, ele era um dos Apóstolos, que convivera com o Cristo.

De posse de um pergaminho, semelhante ao que Drusus trazia sob a túnica, o Apóstolo de Jesus iniciou sua fala:

– *Deus é amor! Aquele que não ama não conhece a Deus; porque Deus é amor.*

*Nisto se manifestou o amor de Deus para conosco: que Deus enviou seu Filho unigênito ao mundo, para que por ele vivamos.*

*Nisto está o amor, não em que nós tenhamos amado a Deus, mas em que ele nos amou a nós, e enviou seu Filho para propiciação pelos nossos pecados.*

*Amados, se Deus assim nos amou, também nós devemos amar uns aos outros.*

*Ninguém jamais viu a Deus; se nos amamos uns aos outros, Deus está em nós, e em nós é perfeito o seu amor.*

*Nisto conhecemos que estamos nele, e ele em nós, pois que nos deu do seu Espírito.*

*E vimos, e testificamos que o Pai enviou seu Filho para Salvador do mundo.*

*Qualquer que confessar que Jesus é o Filho de Deus, Deus está nele, e ele em Deus.*

*E nós conhecemos, e cremos no amor que Deus nos tem. Deus é amor; e quem está em amor está em Deus, e Deus nele.*

(1 João: 4,8-16).

– Nosso coração se alegra porque conhecemos o Messias, aquele que veio tirar o mundo da escuridão. Jesus nos ensinou que todo amor que dispensarmos ao nosso próximo é luz na nossa alma. Nossa igreja ainda vive sob as ameaças do Sinédrio, mas devemos seguir trabalhando, para que Deus se manifeste por nós. Jesus em sua infinita misericórdia nos ensinou a não revidar o mal com o mal.

– Os corações cristãos já se espalham pelo mundo, pois a mensagem do Evangelho está sendo semeada pelos servidores de Jesus. Aquele que ouve a palavra de Jesus nunca mais será o mesmo. É como a água que sacia a sede do coração que vai se infiltrando na alma sedenta de esperança. Uma vez em contato com a luz, o espírito iniciará sua luta para vencer as próprias sombras. Nesse momento muitos irmãos nossos são perseguidos, mas como seguidores da Boa Nova, devemos perdoar a quem nos persegue e orar por eles.

A mensagem chegava ao coração de Drusus na forma de uma nova luz. Desde as primeiras vezes em que ele tinha ouvido falar sobre o perdão, aquele instante era diferente, uma vez que a mensagem lhe tocava a alma de maneira lógica e verdadeira.

A aversão que experimentara tantas vezes pela prática do perdão, naquele momento ele entendia de outra forma.

E João prosseguiu:

– Irmãos, é preciso aguardar que o Evangelho possa dar seus frutos no coração daqueles que ainda não conseguem compreender a mensagem de Jesus. Não podemos violentar os corações ainda empedernidos no mal. Nem mesmo na hora extrema da crucificação Jesus exortou o revide e a maldade. Ferido e maltratado, o Mestre teve forças de pedir a Deus que nos perdoasse. Portanto, em nossas lutas diárias, sob o cravo das provocações e da maldade alheia, abriguemo-nos no perdão. Não devolvamos o mal que nos façam, para que o mal que nos foi feito não se aninhe em nossa alma feito víbora que nos assalta a paz. Por Jesus e por nós, amemo-nos uns aos outros, como Ele nos amou.

A pregação foi encerrada, e sob intensa emotividade as pessoas começaram a se retirar.

Alguns buscavam a João, o servidor do Cristo. Uns pediam conselhos, outros, ajuda para as necessidades mais imediatas.

Os auxiliares da casa se aproximavam, buscando socorrer as necessidades gerais.

Drusus se aproximou e com discrição interpelou o Apóstolo:

– Senhor, permita-me apresentar. Eu me chamo Drusus e venho de Roma, sou portador de uma carta escrita por Paulo, ainda no cárcere, antes de perecer. Cheguei hoje de Cesareia Marítima, vindo de Roma. Me comprometi com alguns amigos cristãos a entregar esse pergaminho a Timóteo, pois o mesmo é endereçado a ele. Aqui está, podes verificar!

Drusus estendeu o pergaminho, e João o abriu parcialmente e identificou que o mesmo era dirigido a Timóteo.

– Tens razão, meu irmão, essa carta é dirigida a Timóteo que em breves dias estará em Jerusalém.

Drusus sorriu e disse:

– Então, poderei fazer a entrega pessoalmente?

– Sem dúvida! Gostaria de abrigá-lo em nossa casa, até que Timóteo chegue. Nossas condições são singelas...

– Não sei como agradecer tão venturosa oferta. Aceito de bom grado!

– Meu irmão, vem comigo, vamos identificar onde melhor possas te acomodar. Providenciaremos outras roupas para teu conforto.

Novamente, ele fora chamado de irmão, e ouvir aquelas palavras lhe conferiam larga alegria na alma.

Como estimaria que Glauco estivesse ali ao lado dele.

Os olhos de Drusus não podiam ver, mas Elano, Glauco, Eustáquio e Ana experimentavam enorme júbilo pelo momento de bênçãos vividos pelo ex-gladiador de Nero. Sob a inspiração do alto, eles intuíam e protegiam Drusus.

– Irmão Drusus – João chamou, mas o ex-gladiador estava inebriado e foi preciso que João o chamasse novamente para despertá-lo de suas lembranças e emoções.

# Lucia e Tibérius

Nos jardins da confortável casa do Senador Aulus, cerca de doze jovens estavam reunidos.

Claudia e Sofia, de longe, observavam aquele momento inesquecível.

À frente dos jovens, com algumas anotações na mão, Lucia falava sobre a Boa Nova.

– A mensagem de Jesus é como uma luz que carregamos conosco e quando a dividimos iluminamos outros corações. Em uma das tardes que estudamos com Ana e Eustáquio eles nos falaram sobre a fala de Jesus pedindo para que a nossa luz possa brilhar diante dos homens. Pelas anotações que temos, após pregar as Bem-aventuranças, as palavras do Mestre foram essas:

*Assim, brilhe vossa luz diante dos homens, para que vejam as vossas boas obras e glorifiquem vosso Pai que está nos céus.* (Mateus: 5,16).

– Jesus nos ensina que todos temos dentro de nós a luz do amor de Deus. E essa luz brilhará cada vez mais em nós quanto mais amarmos o nosso semelhante.

– O que Lucia quer dizer – Tibérius comentou – é que todos somos portadores dessa luz que é o amor. Isso nos torna todos iguais, jovens do patriciado romano ou jovens de outras pátrias. A mensagem cristã sofre essa perseguição porque nos faz enxergar a vida como ela é e não como os poderes humanos desejam nos fazer acreditar. Cada jovem que receber a mensagem de Jesus se tornará um gladiador do Cristo, que combaterá a ignorância humana e o desamor. Não é isso, Lucia?

– Isso mesmo, Tibérius! Muitos jovens patrícios se dirigem ao circo romano para assistir à morte de jovens cristãos, que não cometeram nenhum crime, pelo contrário, são símbolos da paz e da tolerância ensinada por Jesus. Cada um de nós, que toma conhecimento e recebe a Boa Nova no coração, é um irmão em Cristo e já é capaz de levar a mensagem da Boa Nova para aqueles corações que estejam mergulhados na dor.

Claudia ouvia tudo com grande alegria na alma, mas ela não se iludia, pois sabia que o caminho escolhido por Lucia seria palmilhado de espinhos.

Sofia pareceu penetrar os pensamentos de Claudia e falou com emoção:

– Ela não está sozinha e terá a proteção necessária para cumprir sua tarefa segundo a vontade de Deus.

Os jovens participavam da reunião envolvidos em clima de paz. A mensagem do Evangelho descortinava para eles um mundo até, então, desconhecido.

A vida de luxo e riqueza que o poder imperial oferecia àqueles que estavam próximos corrompia muitos jovens que se entregavam à vida ilusória do poder temporal.

Sofia afastou-se momentaneamente do jardim, pois alguém batia à porta.

Assim que ela abriu...

– Questor Marcus...

– O Senador Aulus está? Tenho urgência em lhe falar!

– Queira entrar, por favor! Avisarei o Senador da vossa presença.

Em breve tempo, Sofia retornava e acompanhava o Questor até o escritório do Senador.

Antes de Sofia fechar a porta, deixando os dois a sós, o Senador pediu:

– Sofia, chama Lucia e Claudia aqui!

Ela assentiu com a cabeça e se retirou.

– Sente-se, Questor!

O tom de voz do Senador denunciava certo desconforto íntimo.

– Vim aqui para vos dar satisfação a respeito do compromisso assumido com vossa filha Lucia...

Nesse instante, Lucia bateu à porta e, autorizada pelo pai, entrou acompanhada de Claudia.

O Questor não entendeu a presença delas e indagou:

– Devo prosseguir com o assunto?

– Sim, pois imagino que o assunto que te traz aqui se refira à minha filha.

– Isso mesmo! – Marcus falou embaraçado.

– Então, podes prosseguir, Questor.

– É que...

– Não te inibas, Questor! Podes falar!

– Bem, Senador Aulus, é que...

– Vou ajudar-te, Questor – Aulus o interrompeu. – É que devido à rejeição do meu nome para a governança da Acaia, o nobre Questor não tem mais interesse na minha filha. Não é isso?

O Questor ficou lívido.

– Não te preocupes com justificativas sem sentido. Eu ia mandar chamar-te para essa conversa, porque me dei conta do mal que faria à minha filha, obrigando-a a se unir a um homem interesseiro e que ela não ama. Não te preocupes, o compromisso que nunca deveria ter acontecido está desfeito, para a felicidade da minha filha. Era esse o assunto?

– É...

– Passar bem, Questor Marcus!

– Desejas que eu te acompanhe...

– Não é preciso, senhora Claudia.... Com licença!

– Queria que ouvissem o que foi dito aqui. Agora, siga com tua vida Lucia. Vou me esforçar para te ajudar e nunca mais atrapalhar.

Lucia se aproximou do pai e o abraçou com carinho.

– Obrigada, papai!

Ela voltou para a reunião com os jovens, e Claudia ficou a sós com Aulus.

– Obrigada por seu cuidado com minha filha!

– Claudia, não me converti a essa tola doutrina que prega o amor incondicional ao próximo, mas estou me esforçando para ficar em paz com minha consciência. Acredito, que se tomar esse cuidado terei uma vida bem melhor. Despertei do pesadelo que o poder exercia sobre tudo que fazia. Creio que já temos o suficiente para viver feliz. E não te preocupes, se depender de mim Lucia jamais saberá que não é minha filha consanguínea.

– Nunca me preocupei com isso, pois sei que nunca a maltrataste deliberadamente. Tuas ações sempre foram em dar o melhor para ela. Isso certamente demonstra que tens o coração sensível e generoso.

– Agora, deixa-me trabalhar, estou tomando algumas medidas para me afastar temporariamente das minhas atividades no senado.

Claudia voltou a observar a reunião juvenil junto com Sofia.

Naquele momento, era Tibérius quem falava:

– E nessa anotação aprendemos que necessitamos fazer a nossa parte para tocar em Jesus, na sua mensagem, porque se tocarmos em Jesus receberemos virtudes. Ele nos ensina assim:

*E uma mulher, que tinha um fluxo de sangue, havia doze anos, e gastara com os médicos todos os seus haveres, e por nenhum pudera ser curada.*

*Chegando por detrás dele, tocou na orla do seu vestido, e logo estancou o fluxo do seu sangue.*

*E disse Jesus: Quem é que me tocou? E, negando todos, disse Pedro e os que estavam com ele: Mestre, a multidão te aperta e te oprime, e dizes: Quem é que me tocou?*

*E disse Jesus: Alguém me tocou, porque bem conheci que de mim saiu virtude.*

*Então, vendo a mulher que não podia ocultar-se, aproximou--se tremendo e, prostrando-se ante ele, declarou-lhe diante de todo o povo a causa por que lhe havia tocado, e como logo sarara.*

*E ele lhe disse: Tem bom ânimo, filha, a tua fé te salvou; vai em paz.* (Lucas: 8,43-48).

– Acho que todas as vezes que fizermos o bem para as pessoas estaremos tocando Jesus e nos enchendo de virtudes.

Os jovens seguiram refletindo em tudo que havia sido dito. Emocionados com as mensagens do Profeta Galileu prometeram se reunir outras vezes para tocar na mensagem de Jesus.

# A presença de Jesus

Drusus banhou-se e colocou novas roupas, todas muito simples, mas recebidas como dádivas para seu coração que despertava para as coisas mais importantes da vida. Recebeu até uma nova alparcata, pois a sua estava muito gasta.

Foi muito bem acolhido por todos os servidores do Caminho que se desdobravam em cuidados fraternais, fazendo com que novamente a lembrança de Ana e Eustáquio envolvesse seu coração.

Sensibilizou-se com alguns enfermos que estavam ali internados, recebendo amparo e tratamento.

A cama que lhe foi designada estava entre outras, ocupadas pelos doentes. Após as saudações costumeiras para uma noite de refazimento, ele se deitou e experimentava, então, alegria incontida, e seus pensamentos desfilavam as muitas dificuldades de sua trajetória. Rostos desfilavam à sua frente, até que vencido pelo cansaço físico, ele adormeceu.

Em poucos minutos, ele se surpreendeu vendo-se próximo a uma praia, a mesma onde estivera antes. Lá estavam alguns jovens e entre eles Elano e Glauco, que o receberam com sorrisos e abraços generosos.

A emoção brotou natural e as lágrimas explodiram como fonte, vindas da alma que despertam para as bênçãos de Deus.

Drusus mal conseguia falar.

– Acalma-te, irmão Drusus! Será preciso testemunhar a fé que já ilumina teu coração. Quando despertares pela manhã sentirás as emoções desse nosso encontro venturoso, mas em breve tempo serás chamado à prova mais espinhosa. Não desanimes, estaremos contigo!

Pela manhã, ele despertou com novo ânimo. Promoveu o asseio pessoal e foi convidado para a alimentação matinal.

– Sê bem-vindo, que a paz do Mestre esteja contigo, meu irmão! – João o saudou carinhosamente.

Drusus sorriu.

– Temos nossas atividades diárias, se desejares de alguma forma te ocupar, fique à vontade.

– Vi que algumas pessoas necessitavam de assistência para coisas simples, como a própria alimentação.

– Isso mesmo, temos enfermos que mal conseguem se alimentar e precisam de ajuda.

– Gostaria de pedir algo especial ao teu coração. Desejo com esse gesto homenagear um jovem cristão. Ele me devolveu a vida e cuidou-me nos momentos em que também precisei de alguém até para me alimentar e me assear. Se for possível, estimaria ir ao local onde Jesus pereceu. É viável?

– Sim, não existem obstáculos para esse intento, podemos ir agora mesmo, após nos alimentarmos.

– Nem sei como agradecer tal oportunidade.

A refeição correu em conversação amena e agradável. Drusus não se cansava de entabular perguntas sobre a vida de Jesus. Sentia-se enlevado com as bênçãos que recebia.

– Podemos seguir?

– Sim, claro, estou ansioso para viver esse momento.

– Iremos ao Gólgota, o chamado Monte da Caveira.

– Foi lá que o Cristo pereceu e isso é algo que, por certo, marcou a história dos homens.

– Sim, mas aprendemos com Jesus que o calvário é a porta da redenção. Ele nos mostrou que cada qual compõe o próprio calvário pelas escolhas feitas na vida. Temos a nossa própria cruz, e o remorso muitas vezes é o cravo em nosso coração, mas se caminharmos em direção ao Gólgota acompanhados pelo Cristo seremos vencedores. Jesus nos disse que venceu o mundo, nossa tarefa é árdua ao mesmo tempo mais simples, pois não precisamos vencer o mundo. Nossa vitória deve ser sobre nós mesmos.

Drusus silenciou e refletiu acerca das palavras lúcidas que estava tendo a oportunidade de ouvir.

Após algum tempo caminhando, João, o Apóstolo de Jesus, apontou:

– É aqui!

Drusus olhou à sua volta e foi tomado de profunda emoção. Ele não conseguiu suprimir o choro que nasceu espontâneo de sua alma.

Nesse instante, ele caiu de joelhos.

João respeitou o momento particular daquela alma e surpreendeu-se quando Drusus começou a falar:

– Glauco, meu irmão, estou aqui onde desejarias caminhar. Quero que me ouças, esteja onde estiver, mas sei que estás próximo a Jesus. Já o sinto em mim, começo a sentir o amor que sentes pelo profeta. Nos próximos dias entregarei a carta de Paulo a Timóteo. Obrigado, irmão Glauco, pois teu amor trouxe Jesus para minha vida.

As palavras de Drusus eram entrecortadas pela emoção que lhe embargava a voz.

Ele parou de falar, e apenas seus soluços cantavam a sinfonia da alma que descobre a remissão pelo Evangelho.

Em espírito, ajoelhados ao lado de Drusus, estavam Glauco, Ana, Eustáquio e Elano, orando jubilosos.

João, silenciosamente, também fez sua oração e se recordou de como o Mestre retornara para o convívio derradeiro com os discípulos.

E em pensamento disse a si mesmo:

"Bem-aventurados os que creem sem terem visto".

Após a grande emoção de que foram acometidos, João relatou a Drusus o retorno do Mestre e a desconfiança de Tomé:

*E oito dias depois estavam outra vez os seus discípulos dentro, e com eles Tomé. Chegou Jesus, estando as portas fechadas, e apresentou-se no meio, e disse: Paz seja convosco.*

*Depois disse a Tomé: Põe aqui o teu dedo, e vê as minhas mãos; e chega a tua mão, e põe-na no meu lado; e não sejas incrédulo, mas crente.*

*E Tomé respondeu, e disse-lhe: Senhor meu, e Deus meu!*

*Disse-lhe Jesus: Porque me viste, Tomé, creste; bem-aventurados os que não viram e creram.*

*Jesus, pois, operou também em presença de seus discípulos muitos outros sinais, que não estão escritos neste livro.*

*Estes, porém, foram escritos para que creiais que Jesus é o Cristo, o Filho de Deus, e para que, crendo, tenhais vida em seu nome.* (João: 20,26-31).

# A ÚLTIMA CARTA DE PAULO

Os dias passaram céleres, e Drusus se entregou ao trabalho cristão.

Auxiliou no asseio dos enfermos, alimentou os que estavam com as forças físicas depauperadas e bebeu diariamente das palavras do Evangelho, que os pregadores da Casa do Caminho ofertavam aos necessitados.

Suas ações espontâneas conquistavam a todos.

João com frequência o chamava para conversações particulares, procurando orientá-lo sobre as atividades vindouras.

Certa noite, após as prédicas costumeiras, Drusus foi convidado a fazer a prece de encerramento das tarefas da noite.

A princípio, ele se esquivou delicadamente, mas ao olhar para João, percebeu pelo semblante do Apóstolo que deveria aceitar o convite.

– Agradeço comovido a oportunidade de orar nessa casa do Cristo. Tenho orado silenciosamente pelas bênçãos que minha alma vem recebendo de todos os corações generosos. Nunca orei publicamente, mas externarei em voz alta as rogativas que tenho feito a Jesus.

Todos silenciaram e Drusus orou:

– Senhor Jesus, eis me aqui com todas as chagas morais que acumulei nos anos em que desconhecia Teu Evangelho. Saído da escuridão em que vivia, conheci a Tua luz por mãos generosas de um jovem servidor da Tua vinha. Aprendi que a primavera pode dar flores, mesmo sob o coração em ruínas. E desde, então, meu coração se reconstrói a cada dia. Por mercê do Teu amor, e caridade dos seus seguidores, embora o passado delituoso, já sinto o perfume das flores da primavera que florescem em minha vida. Me fortaleço a cada dia para testemunhar, quando for preciso, a fé que já sacia a minha sede espiritual. Rogo-te que abençoe esta casa e todos os que necessitam dela. Que a Tua palavra seja sempre o alimento para os nossos corações. Amém!

A prece de Drusus enterneceu a todos os corações, e a reunião foi encerrada em paz.

Na manhã seguinte, as atividades ocorriam dentro da normalidade costumeira, até que, quebrando a rotina, vozes festivas foram ouvidas desde a entrada da casa. Era Timóteo, o filho espiritual de Paulo, que chegava.

Drusus, que naquele instante auxiliava no asseio de um idoso, sentiu o coração disparar. Finalmente, poderia cumprir a promessa feita a Glauco.

Todos os servidores da casa rejubilavam-se com a chegada de Timóteo.

Drusus terminou sua tarefa e aguardou a manifestação de João, porém não foi preciso esperar muito.

– Drusus, aproxima-te.... – João pediu.

Timóteo de sorriso largo se dirigiu a Drusus.

– João já me confidenciou que és portador de mais uma epístola de Paulo endereçada a mim?

Diante de tudo que ouvira falar a respeito das atividades de Timóteo em prol do Evangelho, o ex-gladiador se aproximou timidamente.

– A paz seja convosco, Drusus.

– Sim, irmão Timóteo – ele falou introvertido. – Essa carta foi encontrada sob a túnica de Paulo, quando alguns cristãos foram recolher os despojos mortais do pregador do Evangelho. Aqueles que tomaram contato com esse pergaminho leram as primeiras palavras e verificaram que ele é endereçado a vós. – Drusus respirou fundo e entregou a última carta do Apóstolo dos gentios endereçada a Timóteo.

– Que Jesus abençoe vossos esforços para fazer chegar em minhas mãos essa carta. Diante desse momento especial para todos, quero ler em vossa presença o conteúdo dessa missiva.

Timóteo desenrolou o pergaminho e leu:

*Paulo, Apóstolo de Jesus Cristo, pela vontade de Deus, segundo a promessa da vida que está em Cristo Jesus, a Timóteo, meu amado filho: Graça, misericórdia, e paz da parte de Deus Pai, e da de Cristo Jesus, Senhor nosso.*

*Dou graças a Deus, a quem desde os meus antepassados sirvo com uma consciência pura, de que sem cessar faço memória de ti nas minhas orações noite e dia.*

*Desejando muito ver-te, lembrando-me das tuas lágrimas, para me encher de gozo;* (2 Timóteo: 1,1-4)

Redijo essas palavras certamente em minha última noite no cárcere. Rogo a Cristo Jesus que te abençoe no zelo que deves ter com a nossa santa doutrina. Meu coração se rejubila com a visão dos jovens do futuro, que é a quem se destina essa carta. Desejo que cada coração juvenil se impregne do amor de Jesus, pois as minhas cartas agora se manifestarão através de cada jovem cristão. Eles serão as páginas da Boa Nova. Todo jovem pode se tornar a carta viva do Evangelho para ser lida por seus semelhantes através de cada pequena ação em sua passagem pelo mundo. Que os jovens do futuro não se percam nas paixões ilusórias que a juventude traz. Sejamos fiéis aos ensinamentos do Salvador, porque seguindo a Jesus Cristo estamos protegidos dos males do mundo. A recomendação para todos os jovens cristãos do futuro é de que evitem a contenda, seja pela fé, seja pelas coisas do mundo. Para viver em Cristo, é preciso se alimentar do Evangelho. O Senhor Jesus Cristo seja com o teu espírito. A graça seja contigo.

Timóteo encerrou a leitura da carta e disse:

– Essa carta é destinada aos jovens cristãos pelos séculos do porvir. Paulo aconselha os jovens para que eles sejam as cartas vivas do Evangelho. Em todos os lugares, sejamos as cartas de Paulo semeando sabedoria e amor.

O instante era de profunda emoção e júbilo.

Timóteo se aproximou de Drusus e o cumprimentou com fraternal abraço.

Drusus respirou fundo e aliviado.

João comentou:

– O Evangelho educa a força juvenil capaz de empreender a mudança no mundo.

– Paulo demonstra em palavras, em todas as cartas que me escreveu, grande preocupação com todos os jovens, pois quando se dirigia a mim, era aos jovens que se manifestava. Trago comigo a segunda carta que me endereçou, aproveito esse instante para reler unindo as ideias de Paulo acerca da importância da evangelização dos nossos jovens.

Timóteo remexeu em uma bolsa que trazia e apanhou um outro pergaminho que leu emocionado:

*Ora, numa grande casa não somente há vasos de ouro e de prata, mas também de pau e de barro; uns para honra, outros, porém, para desonra.*

*De sorte que, se alguém se purificar destas coisas, será vaso para honra, santificado e idôneo para uso do Senhor, e preparado para toda a boa obra.*

*Foge também das paixões da mocidade; e segue a justiça, a fé, o amor, e a paz com os que, com um coração puro, invocam o Senhor.*

*E rejeita as questões loucas, e sem instrução, sabendo que produzem contendas.*

*E ao servo do Senhor não convém contender, mas sim, ser manso para com todos, apto para ensinar, sofredor; Instruindo com mansidão os que resistem, a ver se porventura Deus lhes dará arrependimento para conhecerem a verdade, E tornarem a despertar, desprendendo-se dos laços do diabo, em que à vontade dele estão presos.* (2 Timóteo: 2,20-26).

Timóteo encerrou a leitura de uma parte da segunda carta de Paulo dirigida a ele.

– Agradeçamos a Jesus, por todos os servidores que colaboraram para que essa carta pudesse chegar até nós, de maneira a divulgar os conselhos de Paulo aos jovens de todos os tempos.

Drusus sorriu e intimamente pensou:

"Missão cumprida".

# O testemunho de Drusus

A noite foi de bênçãos a todos os corações.

Timóteo foi o responsável pela pregação e novamente exaltou a importância do Evangelho no trabalho de evangelização dos jovens. A mensagem trouxe sentidas esperanças para o porvir do Evangelho nos corações juvenis.

João estava muito feliz.

Drusus emocionou-se diversas vezes, pois relembrava a toda hora os momentos saudosos que experimentara ao lado de Glauco, Ana, Eustáquio e Gaia.

***

Na manhã seguinte, todos se ocupavam com seus afazeres quando bateram à porta com brutalidade.

Do lado de fora ouviu-se a voz que ordenava:

– Abram, em nome do Imperador!

João e Timóteo, acostumados às perseguições, se puseram em oração silenciosa.

Um dos servidores abriu a porta, e um centurião entrou, acompanhado por dois soldados.

– Viemos cumprir a missão de levar conosco o romano que se abriga nesta casa.

Todos silenciaram.

Mas os prepostos de Nero não esperaram por muito tempo.

– Estou aqui, centurião! Cumpra o seu dever! – Drusus falou desassombrado.

João tentou argumentar:

– Mas do que ele é acusado?

– O crime que pesa sobre esse gladiador é a morte de um centurião romano e dois soldados de Nero.

– Nada tema, João, é chegado o momento do meu testemunho. Não renegarei minha fé em Jesus!

O centurião gargalhou junto com os soldados e comentou:

– É mais um que se deixou enfeitiçar por esse Profeta Galileu!

– O Evangelho não enfeitiça, ele conquista mansamente pelo amor de Jesus.

– Basta dessa filosofia infantil! Levem-no!

Drusus foi puxado para fora da Casa do Caminho, e uma multidão de necessitados que se encontrava do lado de fora assistiu à sua condução ao cárcere.

João e Timóteo em vão tentaram intervir pela soltura do recém-convertido. Posteriormente, eles foram informados de que Drusus seria levado para Roma, onde o Imperador decidiria o seu futuro.

Muitos corações se entristeceram diante do destino de Drusus.

João, indagado por muitos, se tinha conhecimento da condição do jovem romano, o de ser um gladiador, ele respondeu:

– Não perguntamos aos que nos buscam sobre sua conduta no passado. Acreditamos que aqueles que conhecem Jesus se tornam novas criaturas, o passado não nos importa.

Em Roma, a notícia da prisão de Drusus causou grande alvoroço.

Nero comentou com seus apadrinhados:

– Dessa vez, quero assistir à sua morte diante dos meus olhos, para garantir que ele não ressuscite como acontece com esses cristãos.

No dia imediato à sua prisão, Drusus foi levado para Cesareia e de lá o navio partiu levando o jovem gladiador de Jesus.

Acorrentado no porão do navio, Drusus contemplava o céu estrelado durante as noites de calmaria no mar. Sentia-se feliz, porque as coisas temporais não tinham o mesmo peso de tempos atrás.

A alegria experimentada a serviço de Jesus lhe fez conhecer os tesouros da alma e do amor. Auxiliar e servir o semelhante o ajudou a retirar alguns espinhos de sua alma, do remorso que lhe roubava a paz nas lembranças devastadoras.

Constantemente, pedia perdão a Jesus pelo mal que fizera a tantos cristãos.

Em suas preces dizia para si mesmo:

"Pagarei na carne os crimes que perpetrei contra o meu semelhante".

Depois de semanas viajando, o navio chegou ao Porto de Hóstia, e o prisioneiro foi levado para a prisão no Esquilino.

A prisão de Drusus foi a notícia mais comentada em toda Roma, e sem demora a execução foi preparada para ocorrer no circo, sob os olhos de todos.

Lucia e todos os jovens que se reuniam para o estudo do Evangelho decidiram comparecer ao evento.

Combinaram que, silenciosamente, fariam preces pelo gladiador.

Naquele mesmo dia, outros traidores seriam sacrificados.

Tudo estava pronto para o espetáculo tão ao gosto de Nero.

Os romanos chegavam e os comentários eram os mais diversos.

– Nero pode perdoar seu gladiador favorito? – indagavam uns.

– Será que Drusus vai enfrentar as feras? – perguntavam outros.

As trombetas tocaram anunciando a chegada de Nero.

O povo aplaudiu entusiasticamente.

Com a arrogância que o caracterizava, Nero deu um sinal para que o prisioneiro fosse apresentado.

O vozerio aumentou assim que Drusus foi levado para o circo.

Ele estava vestido como gladiador e isso aumentou a algazarra.

Os soldados o encaminharam até a frente de Nero que, vendo Drusus subjugado, sorriu com desdém.

O Imperador ergueu o braço e a multidão silenciou.

Nero se levantou e falou com a voz bem forte:

– Mas, é uma grande honra para este Imperador ficar diante do terrível Drusus, o grande gladiador, agora, assassino dos meus servidores. Tua pena já foi lavrada por minha justiça, pois minha divindade é sábia e soberana. Pela gravidade do crime perpetrado não mereces falar, mas minha bondade divina lhe permitirá dizer algumas palavras. Manifesta-te, prisioneiro!

Drusus olhou à sua volta e contemplou o circo onde muitas vezes ceifara a vida de cristãos inocentes.

– Este é o lugar mais apropriado para minha morte, pois foi aqui que pratiquei muitas atrocidades contra pessoas inocentes. Não peço clemência, porque não sou digno dela, mas encomendo minha alma a Cristo Jesus...

Nesse instante, a multidão apupou as palavras do jovem gladiador.

Ouviram-se vaias e impropérios.

Nero riu, tendo Tigelino ao lado.

– Este também enlouqueceu – o prefeito dos pretorianos comentou.

Nero ergueu o braço.

– Deixem-no continuar!

– Entrego minha alma a Jesus, meu Salvador. Me envergonho de ter servido ao mal durante muito tempo. Novos gritos ecoaram pelo circo. – Jesus é o sol que não pode ser encoberto pelo poder mundano. É a ele que me entrego agora. Estou pronto a experimentar em minha carne a dor que causei a tantos.

– Afirmas que és cristão? – Nero indagou com rancor na voz.

– Sou nova criatura, pois me renovei pelo Evangelho!

A gritaria do povo era ensurdecedora:

– ÀS FERAS COM ELE...

– APEDREJEM-NO....

– MORTE AO TRAIDOR...

Após alguns minutos e conversas com Tigelino, Nero pediu silêncio e novamente foi atendido.

– Confessas diante da Divindade do Imperador que és seguidor do profeta crucificado?

Drusus surpreendeu a todos quando gritou:

– SIM, EU SOU SEGUIDOR DE JESUS CRISTO!

– Então, morrerás como ele, providenciem a cruz! – Nero ordenou.

Em meio à imensa multidão, uma mulher orou silenciosamente pedindo a Jesus que fortalecesse Drusus naquele testemunho. Era Gaia.

As preces dela e dos jovens cristãos chegavam a Drusus como bálsamo que fortaleciam seu ânimo para o testemunho.

Trouxeram a trave de madeira horizontal.

Drusus se deixou conduzir mansamente.

Seus pensamentos explodiam em lembranças. Algumas tristes, outras consoladoras.

Ele foi deitado e atado à trave. Teve os pulsos amarrados e o cravo pregado nas carnes.

A dor era intensa, e ele gritava.

Sua voz pavorosa ecoava, e todos ouviam a música do sofrimento.

Ele foi erguido e seu corpo balançava feito pêndulo.

Assim que as traves formaram a cruz, ele teve os pés amarrados e pregados.

Os olhos turvaram-se e ele pensou num último momento de lucidez:

*Aqui de cima da minha cruz posso ver quantos seguirão crucificados pela ignorância e desconhecimento do Evangelho.*

A cabeça do jovem gladiador tombou.

A multidão delirou e Nero afirmou sorrindo:

– Quero ver ele ressuscitar novamente!

***

Algum tempo depois...

Drusus, com o espírito aturdido, se viu em uma região muito hostil.

Os mesmos pesadelos que afligiram seu coração durante as noites na casa de Eustáquio e Ana tornaram-se realidade.

De olhos fechados ou abertos aqueles personagens disformes aproximavam-se dele gritando:

– ASSASSINO... ASSASSINO... FALSO CRISTÃO... MENTIROSO...

Em vão ele buscava se defender, mas todas as ações defensivas eram inúteis.

Vivenciava uma noite sem fim.

Diante de seus olhos desfilavam as vítimas que lhe sofreram o assassínio.

As cenas se repetiam sem parar.

Apenas em breves e raros momentos, experimentava algum alívio, quando Glauco lhe surgia nas lembranças.

E depois de muito tempo, em um desses instantes de brandas recordações, ele se ajoelhou, e chorando, clamou por misericórdia e perdão.

Então, surpreendeu-se, pois os gritos acusatórios haviam silenciado.

Emocionado, ouviu uma voz:

– Estamos aqui, irmão Drusus...

Ele olhou sem entender e procurou secar as lágrimas.

Diante dele, Glauco, Eustáquio, Ana e Elano sorriam com ternura.

Num transporte de júbilo e acreditando experimentar uma visão ilusória ele balbuciou:

– Estou... Tendo um sonho bom... Será mesmo verdade? Jesus lembrou-se de mim?

Elano se aproximou e o envolveu carinhosamente dizendo:

– Viemos te buscar, irmão Drusus, pois Jesus, o bom pastor, não desampara nenhuma de suas ovelhas. Vem conosco te refazer, e te preparar para as novas oportunidades que Deus irá te ofertar. Quando possível, tornarás à Terra para novas experiências, para a bênção do aprendizado.

# Fim

## Ainda existe esperança

*Adeilson Salles pelo espírito Luiz Sérgio*

Luiz Sérgio está de volta!!!

Você vai se emocionar ao conhecer, nessa narrativa impressionante, o lado espiritual de uma escola e as revelações acerca da influência dos espíritos sobre os jovens.

## Game Over

*Adeilson Salles pelo espírito Luiz Sérgio*

Luiz Sérgio nos fala dos bastidores espirituais dos jogos violentos, das consequências negativas do excesso de liberdade que crianças e jovens encontram ao acessarem o mundo virtual e muitas outras situações de risco a que ficam expostos diariamente.